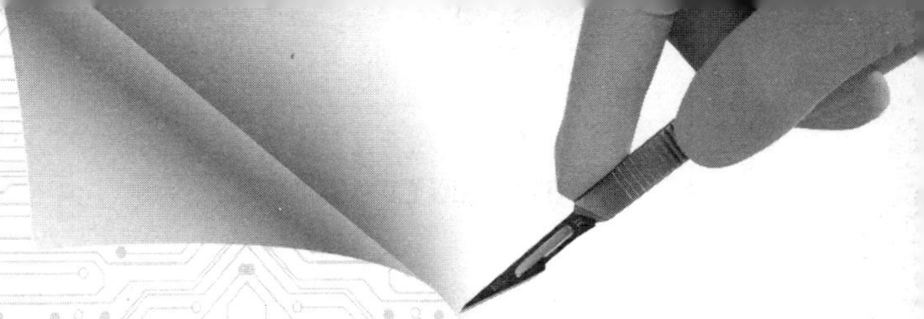

冒死记录

DEADLY RECORD

1

张海帆 著

江苏凤凰文艺出版社
JIANGSU PHOENIX LITERATURE AND ART PUBLISHING, LTD

图书在版编目（CIP）数据

冒死记录 / 张海帆著 . -- 南京 : 江苏凤凰文艺出版社 , 2018.3

ISBN 978-7-5594-1156-3

Ⅰ . ①冒… Ⅱ . ①张… Ⅲ . ①科学幻想小说—中国—当代 Ⅳ . ① I247.5

中国版本图书馆 CIP 数据核字（2018）第 239764 号

书　　名　冒死记录

作　　者　张海帆
出 品 人　柯久明　吴　铭
策　　划　高瑞贤
校　　对　雕龙文化
责任编辑　牟盛洁　李　黎
出版发行　凤凰出版传媒股份有限公司
　　　　　江苏凤凰文艺出版社
出版社地址　南京市中央路 165 号，邮编：210009
出版社网址　http：//www.jswenyi.com
印　　刷　三河市书文印刷有限公司
开　　本　880 毫米 ×1230 毫米 1/32
印　　张　23.5
字　　数　523 千字
版　　次　2018 年 3 月第 1 版　2018 年 3 月第 1 次印刷
标准书号　978-7-5594-1156-3
定　　价　108.00 元（全三册）

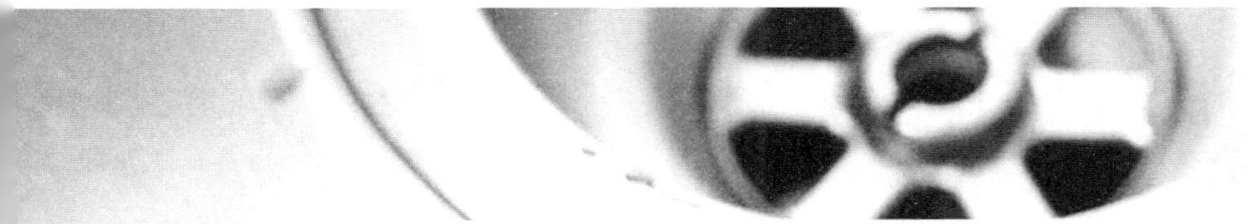

01 开端

我最近总有被监视的感觉，人越少的地方这种感觉越明显，而且是实实在在的有人在盯着我。这种感觉持续了二十多天，以至于我有些担心是不是自己因为工作压力太大，又一个人住的关系，有些神经过敏？正想去看看医生，这种感觉却突然消失了。不过迎接我的却是两周的失眠，整个晚上脑袋里面都乱糟糟的，想这个想那个，唉，可能是最近项目的麻烦事闹的。

目录 CONTENT

目录 CONT

一　一个该死的项目和古怪的色斑

我最近总有被监视的感觉，人越少的地方这种感觉越明显，而且是实实在在的有人在盯着我。这种感觉持续了二十多天，以至于我有些担心是不是自己因为工作压力太大，又一个人住的关系，有些神经过敏？正想去看看医生，这种感觉却突然消失了。不过迎接我的却是两周的失眠，整个晚上脑袋里面都乱糟糟的，想这个想那个，唉，可能是最近项目的麻烦事闹的。

我叫李胜利，三十岁，在一家私营的电子通信公司当项目主管，最近老板接了一个据说是超大型集团的通信系统工程，放了大话，收了一笔很大的定金，结果我们这帮人就没日没夜地开会，然后开发。这个超大型集团只知道是一个国际型的大托拉斯机构，他们的人称呼自己的身份为“光芒国际的人”，其他一无所知。由于他们说这个项目涉及整个集团公司的安全保密工作，所以有些时候显得神经兮兮的，相处起来也相当的麻烦，除了项目以外，什么都不能问和回答。这个光芒国际我查过，好像并不存在叫这个名字的集团公司。不过我也没有在意，客户嘛，既然把项目和自己的身份搞得这么神秘，也没有什么好深究的。

有一天，他们的一个主管这个项目的总经理突然要和我这个项目主管吃个饭，而为此，那些穿着整齐制服的保安人员还给我做了一些复杂的体检，检查结果显示身体健康才让我有幸和这位总经理吃了一顿。那个总经理看起来五十多岁，很威武，但是很亲切，像我老爹一样和我拉家常，问我家的情况啊，我父母怎么样啊。项目倒没有怎么说，反正，觉得他是个非常有权力的人，也很不寻常，比我们这些凡夫俗子要强得太多了。这种人，如果不告诉我，我首先会认为他是个训练有素的军人。

项目中期我开始闹的这些毛病，等项目快完成了，我失眠的症状也好了。工作闹的，我给自己的理由就是这个。

一天晚上九点多，我洗完澡在床上躺着看电视，就听见开门的声音，我马上翻滚着坐起来，仔细地听是不是我家的房门声音。我租的房子是一个半老不老的小区，流动人口多，发生过很多次入室盗窃的案子。

我下床站起来，确实，在开我家的门，不过那动作很熟练。我快步走到门口，门已经开了，露出一张俏丽的笑脸。我叫道：“晓云！怎么是你啊！也不通知我一下！”晓云是我的女朋友，我们一直两地分居，她也是个大忙人，天天飞来飞去的，公司在南州，做外贸公司的大客户经理。晓云把包放下，笑着抱着我，甜甜地说：“给你个惊喜嘛！”

很久不见，我们两个自然一番云雨。

睡到半夜迷迷糊糊的时候，我感觉晓云在轻轻地抓我的背，我支吾一声：“小馋猫，还没吃饱吗？”晓云手一下子收回来，打了我一下：“坏蛋，现在这么敏感啊！”我嘻嘻笑了下，转过身把晓云抱在怀里：“睡吧睡吧。”

又睡了一会儿，又感觉到晓云用手碰我的背，痒痒的。我也不管这么多，扭了扭身子，哼着：“好困啊。快睡嘛。”晓云也不说话了，“嗯”了一声。

我一觉睡到被晓云摇醒，她说上午还要去 CBD 办事，晚上再回来吃饭，叫我也早点起来吧。

我哼哼唧唧地起来了，到了公司。公司老板来得特别的早，见了我就哈哈地笑：“胜利来得很早啊。”我觍着脸笑着：“不早了，差十分钟九点。”老板说：“把东西放下，来会议室开会。”

会议室坐了几个那个集团的人，两个见过，两个没见过，见了我好像也很开心，说了一堆客气话和项目的屁话后，那两个没见过的人好像特别关心我的身体，问我身体怎么样啊，最近有没有生病啊等。我肯定要说为了完成领导们的任务，怎么敢生病啊，就是失眠。这些关心我身体的屁话持续了三十多分钟，几乎就是给我开了个身体健康检查会议。这帮人，有时候很古怪的。

晚上回家，和晓云吃了顿浪漫晚餐，又翻云覆雨了一番，这一夜睡得格外的香甜。

第二天晓云要走了，临行的时候嘱咐了我好几遍身体不舒服一定要给她打电话，说我这个人不知道病大病小的，别把身体闹垮了。我幸福得要命，狠狠吻了晓云几遍才放她走。

晚上在家里洗澡，我不知道发了什么神经，想到晓云晚上抓我背的事情，我不自然地自己抓了抓，除了摸到几个小疙瘩以外都好好的啊，擦完身体出来，又神经病一样找个镜子来看。我这个独自居住的男人，又是租的房子，没有大镜子，所以费了半天劲，才大概地看了一遍自己的背部，结果什么都没有。我想着："如果长个大瘤子，我不知道几年以后才能发现。哈哈。"一想到这里，我又举起镜子，照自己的后背。大家知道看自己后背用一个小镜子是很难的事情，不过这次我却发现了一点不同，好像我的背部的正中央的脊柱上面有一个很淡很淡的蓝色的斑，这下子我来了兴趣，拼了命仔细地看，最后用数码相机拍了几张。

这个斑很奇怪！从来没有见过这么怪的斑。

只有指甲盖大小，但是好像有些金属的颜色透出来，几张照片在数码相机上的显示，居然还有些不同的颜色发散出来。

这是个什么东西？我脑子里面首先想到的就是恶性瘤，有些医学照片上一些恶性瘤也是花花绿绿的。我用手抓，往下按，模模糊糊有坚硬的感觉，使劲搓了搓，手上也没有颜色。心中有点怪怪的，不过也没有太当回事，不就是一个有点花的皮肤斑吗！

我这个人说是这么说，第二天晚上还是找来了我的哥们陈凯，让他帮我看看后背，陈凯还笑话我怎么发神经让人看后背啊。我骂他："抽你啊，你看看我背心是不是有个蓝色的斑啊。"陈凯看了看，说："真有一个！大瘊子吧！是不是哪个涂紫药水的女人挠了你啊？"我说："少贫，你仔细看看。"陈凯趴在我背上又打量了一番，"咦"了一声："猛一看啊，就是一色斑，再仔细看看，是有点古怪。蓝色的，好像不是皮肤上的，是肉里面透出来的蓝色，我把你的皮揪起来看，的确不是皮上的，是肉里面的。小子，你不会得艾滋了吧？"我骂道："放屁，没事吧这？"陈凯拍了拍我的背："应该没事，还有手上长金属的呢。你又不疼不痒的，能有多大事。"

我想想也是，就是一个蓝色的斑嘛，看医生可能也就是一个什么肌肉色素沉淀这样的搞不懂的医学用语。

所以这个事情，我就忘了。项目结束吃庆功宴的时候，不知道哪个杀千刀的说恶心事，什么瘤子啊，青春痘女孩啊，让我又想起我这个斑。

回家一看，好像这个斑已经不是蓝色的了，而变成红色，而且总觉得比以前要大了一点。我这个人疑心病，想着还是给晓云打个电话吧。就拨通了晓云的手机："晓云啊！""坏蛋，想我了啊。""那当然啊，亲一下，啧啧。"……说了一大堆腻人的话之后，我告诉晓云：

“我背上长了个东西。”

晓云猛地一大声：“什么？”

“我背上长了个东西！一个斑，以前是蓝色的现在是红色的！”

“斑？你怎么看到的？”

“就那么看到的，用镜子照出来的。”

“你神经病啊，拿镜子照后背干什么！”

我觉得晓云一下子好激动的口气，反应好激烈啊。我说：“就是偶尔看到的啦。是不是有问题？”

“什么样的斑啊？”

“嗯，蓝色的，很小，好像是肉里的颜色，不是皮上的。刚看了，好像变红了。”

“哦……”晓云长长地“哦”了一声。

“不会是瘤子吧？”我追问着。

“嗯……”晓云好像在严肃地思考，“哈哈，你这个傻帽，就是色斑啦！！看你这个德行！！变红了那是快好了，我以前膝盖上也有一个。”

“是吧！”我一下子就开心了。

“你还和谁说了啊？”晓云语气好像很沉重。

“陈凯来看了看。”

“他说啥？”

“这个猪能放什么屁啊，他说这是外星人种的遥控器，让我立即用刀子抠出来。”我当他这么说只是为了搞搞笑而已！

“陈凯疯了啊！”晓云的口气很不对。

“哈哈，他就是个疯子嘛。”我还在胡扯着。

“没事，宝贝，别听这个小子胡说，听我的就是了。”

“哦，你什么时候再回来啊，我好想你哦。”

“很快会回来的。”晓云笑着说。不过我总觉得笑得不是很自然。

又扯了几句，晓云好像有事，就匆匆地把电话挂了。这是比较奇怪的，从来都是必须我宝贝亲爱的爱死你了说个没完之后，她才会挂电话的。我想，陈凯这小子晓云一直不是很喜欢，我说错话了应该。不过，管他呢。

日子如同往常，平静地过着。一天吃中饭的时候，接到了陈凯的电话：“兄弟……呼呼……”我说：“慢点慢点。狗追你呢！”“兄弟，你想想，你是不是得罪什么人了？”“没有啊。”“老有人跟踪我。”“哦？”“不说了，来了……”

陈凯这个电话就莫名其妙地挂断了。我想了想我和谁有仇啊，扒了两口饭，拿起电话打过去，结果是打不出去，一拨就如同没有信号一样。我又打了几次，还是拨不出去。我给我公司总机打了一下，也是拨不出去，我骂道：“不是吧，什么烂手机。”

我回到公司座位上，用座机给陈凯打电话，一拨完号码，马上就断掉，连续好几次都是这样。我骂道：“见了鬼了。”找同事拿他们的手机打，也是拨不出去。打陈凯他家就 OK 了，我问阿姨：“陈凯回家了吗？”阿姨说：“从来没有回家过呀。胜利吧，你有空和这个野小子说说，有空回家看看。”“好的，阿姨，我见到他一定帮你教训他。”

到了第三天晚上，我家有人急促地敲门，开门一看是陈凯他妹陈英，哭得像个泪人一样，见了我就喊：“我哥他要死了！车祸！”“什么！！你怎么才来！！”“打你电话打不通啦！”我心中一阵疼痛，说：“别说了，你哥现在在哪里？”“北三医院呢。”

我拉着陈英就打车向北三医院飞奔。病房中已经一屋子人了，陈凯的女朋友、他爸妈、他舅舅叔叔等。我正要扑上去看他，旁边俩警察把我拉住了，问：“你就是胜利？”“是啊是啊，让我过去先看看他。”“看看行，你和陈凯什么关系？”“哥们啊，从小到大啊！”

陈凯他妈这时候过来，和警察哭着说：“别为难这孩子，他俩打小就认识。你们先让他来看看吧。”警察“哦”了一声，让开了。

我过去一看，眼泪立即就直流。平时挺帅的陈凯，半边脸都快被撞没了，整个脸血肉模糊，盖着的被子几乎被血浸透了。我玩命地哭着，叫着陈凯的名字。只看到陈凯用剩下的一只眼睛看了我一眼，眼睛里似乎要说什么，又闪出一道害怕的眼神，身子抽动了两下，手似乎要抬起来，喉咙里咕噜咕噜响，看着我，似乎要说的是一个“怕”字。

陈凯死了，我被警察带去派出所，才了解了全部。陈凯中午的时候被发现躺在一个建筑工地旁的公路上，建筑工人报的警，经查明是被较大型的汽车猛烈地撞击和碾压过。陈凯身边的手机上有电话，警察在送陈凯去医院的路上通知了陈凯的家人。在救护车上，陈凯挣扎着用手写了“胜利”两个字，所以我才会被带到派出所，因为我是第一作案嫌疑人。陈凯经过抢救，居然依靠顽强的生命力等到我的到来，要不然早就死了。

经过多方证实，的确没有作案嫌疑，我才从派出所出来。一路上都是陈凯的那个眼神，以及咕噜咕噜好像想说话的样子。他是不是要告诉我什么？他要说什么，怕？他要说他怕死？不会，这个时候不应该说自己怕。这个类似的音在我脑海里回旋着，突然一个字进了出来：“跑”！

“跑”，陈凯应该是让我逃跑的意思。我为什么要跑，我为什么要跑，我凭什么要跑？我在脑袋里面问了自己无数遍是不是让我“跑”，但是那眼神，那表情，不是要说“跑”字是要说什么呢？

有生以来我第一次感觉到了恐慌，看着最亲爱的朋友死去，我觉得自己好像掉入了一个巨大的阴谋中，一个巨大的死亡陷阱中。我是一个正常的人，一个老实本分的人，小学打过架，还输了，大学偷过一次香瓜，再也没有得罪过什么人，我接触的人都是平常平凡的。

只有……只有那个集团的总经理！只有他，是我一生接触过的唯一和我生活中的人格格不入的人。那么高高在上，有权力。总经理！什么总经理？到底那个集团是干什么的？我只是一个项目主管，我没有权利和资格来问任何一个客户你们是做什么的,唯一知道的，就是我的老板！！

我拿出我的手机，发疯了一样寻找我老板的电话。手机掉了两次，终于找到了，我按下拨出键，拨不出去。继续按，还是拨不出去。我拨打我同事的电话，通了，他接起来就问我："胜利你没事吧，刚才我们好多人都接通了警察的电话,问你今天上午和中午的情况。"我说："没事。大牛，你知道我上周做的那个项目的公司是做什么的吗？""不知道，尽管我是管理合同的，但是我不知道那些人到底是什么集团公司的，没有合同。你没事吧！"

我没有说话，挂了电话。我知道一件事情，除了老板以外，我们全公司的人可能都不知道这些人是属于哪个集团公司的，我们只知道他们是找我们做一个通信系统，从项目来看只是很平常的一套内部信息处理系统，是处理通信信号文件的，他们的确完整地支付了所有费用。其他的，我们都不知道。

我的大脑一片混乱，除了自己的工资、朋友、媒体报道的狗屁事情和国家领导人，我几乎什么都不知道，不知道我身边陌生人的身份，不知道我的客户的身份，不知道在陈凯死亡的时候到底发生了什么。

我就这样像傻了一样在几乎空无一人的夜晚的街道上走着，只有出租车偶尔放慢了速度看我是否要搭车。我像是一个被隔绝和孤立的人，眼前的一切似乎都和我无关。

直到手机又一次响起。

是晓云。

看着手机屏幕上显示的"亲爱的"三个字，我不知道为什么，无力地按下接听的按钮，晓云？我脑袋里古怪地出现了一个想法，晓云杀了陈凯吗？这是个不能继续想下去的问题。

“亲爱的，你怎么了？”晓云的声音非常的关切。

刚才的一切怀疑烟消云散了，听到晓云的声音我感觉到又激动又难过。“晓云，陈凯死了。车祸，撞得不成人形。”

“……大牛九点多的时候打电话给我，说你被警察抓走了，不知道出什么事情了！”晓云沉默了一下才接着说。

“就是陈凯车祸的事情，陈凯写了‘胜利’两个字。所以……”

“乖乖，别难过了。你的声音听起来好低落，你千万不要做什么傻事。”

“不会的。我只是很难过。我觉得我好像一个人生活在燕北。”

“宝贝，我会尽快来燕北看你的。你要振作，忘了这一切，生活还要继续。”

“我会的。晓云，你要知道，我现在不知道为什么，很迷茫，很疑惑。我好像什么都不知道。”

“你还有我，宝贝，乖乖，振作点。”

“嗯……从做了那个集团的项目后，我一直觉得生活有些问题，但是我不知道怎么了。”

“振作，振作，宝贝。”

“好的。我没事了，谢谢你给我打来电话，我好多了。”

“你身体还好吧……”

“还好。”说完这句，我突然打了一个冷战！又是我的身体怎么样！！我的身体怎么突然间变成了大家这么关注的东西？做体检，被那个集团公司的人问讯；长蓝色的斑，陈凯看了我的斑；晓云知道我这个斑，都和我的身体有关。

“你早点回去吧。回家洗个澡，不要想太多了。”晓云的声音还是那么温柔。

“好。你也早点休息吧。我挂了。”我就这样挂了电话。我又突然恨起自己来，为什么这些事情要怪在一个色斑上，难道是我疯了吗？就是因为大家的关心，我就要把这一切怪在我的身体甚至是这个斑的上面？不可能的，这一切都只是命运的巧合而已，而我自己把这一切挂钩在一起了。

我突然笑了笑，甩了甩头，摸了摸自己的额头，好像有点发烧了。

回到家里，我什么都没有想，倒在床上居然立即就睡着了。直到早上十点多我才睁开眼睛。

冲了个澡，来到了公司，公司的一些人很好奇地看着我，想必是他们已经知道我昨天晚上被警察带走的事情，但是他们不会知道是因为陈凯的死。

大牛见到我，马上站起来拉着我的胳膊问我没有事吧，我说没事，以后说。

坐到我的座位，打开电脑，满屏幕都是我还没有来得及整理的那个集团公司项目的文件。我呆呆地看着，看了看手表，十一点三十分。猛地一起身，向我老板的办公室走去。

这个时间老板一般都是在的，我敲了敲门，他叫我进来。老板看到是我立即摆出了一副非常关心的神情，说：“我接到警察的电话了。他们和我说起你的事，很遗憾，很同情啊。别太往心里去。”我“嗯”了一声，说：“吴总，我想问个事情，就是我刚做完的那个项目，那些集团公司的人是干什么的呀？”吴总说：“应该是燕北某个有一定背景的集团公司吧，我也不是很清楚。他们自己找上来。”

“那是做什么的都不知道吗？”

“对，他们不说自己公司的名字，他们不说，我也不会问。只要钱付得爽快就可以了。”

“吴总您一点都不知道吗？真的，吴总，我非常想知道。”

“李胜利呀，我知道你的想法，你是不是觉得你朋友的死，和那个集团公司有关？”

“是……不过我只是想知道一下。”

“这可能只是一个巧合而已，只是一个巧合。你最近太紧张了，可能会瞎想一些东西。”

“不是……”我突然间觉得老板说得很有道理，这只是一个巧合而已，世界上有太多的巧合。

“好了，好了，如果你真的想知道，我打听一下，我想他们做的这些东西还不至于保密到这个程度。”

“谢谢吴总。”

“你如果精神状态不好，我准你几天假。项目刚完成不久，你也休息一下吧。”

“好，那我先走了。”

推开老板的房门，我竟觉得一阵轻松，可能我长期打工已经变成了一个服从者和执行者的原因吧，我觉得老板的话很有道理，这些可能都是我瞎想而已。

生活就这样恢复了平静。一切可疑的问题都没有了，手机也好了，一切都好了，甚至连那个该死的色斑也消失了。我又变成了以前那个傻乎乎的没有太大的追求的李胜利。晓云也请假飞来陪我过了几天，让我的小屋子充满了浪漫。

一切似乎就这么结束了。

但是，三个月后的周末，我的平静再次被打破了。

来的人是陈凯的妹妹，陈英。

二 越来越神秘的晓云

陈英进来什么话都没有说，只是给了我一个东西。

我接过来一看，是一块记忆卡，就是很多手机里面插着做存储的东西。

我说："这是啥？"

陈英说："我哥的东西，工地上的工人给的。"

陈英把门关上，很小心似的和我说："我知道你肯定能用，你看看。"

我"哦"了一声，让陈英坐下，把自己的笔记本电脑拿出来打开，用多功能的读卡器把这个卡插上。里面乱七八糟的什么都有，还有陈凯很恶心的个人自拍。

陈英看我一直在翻，催着我说："有个声音文件，就那一个。"我用我的电脑上的播放器打开了这个文件。

这是一段让我听后脑袋乱响的录音。

陈凯的声音在说，但是一直在喘着粗气："呼呼……胜利，你听着，老子估计栽了……呼呼……那帮人不知道是什么人……好像是黑社会的……又不像……胜利，我看到晓云了，和他们在一起，绝对没有错，穿一样的蓝色的制服……相信我，绝对是晓云……他们要抓我……我怕极了……不是警察……我现在在一个我也不知道的鬼地方……工地……他们开车追着我……我录下这段，希望你能听到。我听到汽车声音了，就这样了。"

我呆了，陈英开始哭鼻子。我又听了一遍，绝对就是陈凯的声音，我用性命保证。

我有点傻了似的合上电脑，很沉重很慢地挤出话来："陈英，谁给你的？你听了？"陈英说："工地上的人给我的，上个星期，我们去那里烧纸，好像是他们的工头给的。"

"他们怎么有这个东西？"

"捡的，在墙根边。因为上面有我哥的照片，裤子都是那条。所以，他们知道是我们的。"

"还有谁知道？"

"我爸我妈知道。但是他们没有听。"

“你怎么来的？”

“骑自行车。胜利哥，晓云姐……不是吧？”

我心里乱得应该比陈英更厉害。陈凯声音中“晓云”两个字，让我心中如同中了巨大的锤子一样，难受到无以复加。

“你先回去，路上小心点。卡留给我。”

“胜利哥……”

“你快回去吧！”我突然吼了起来。

“那你保重。”陈英就这样挂着眼泪走了。

黑了，我的眼前完全地黑了。陈凯绝对不会录这样的东西来吓唬我。这段录音应该是发生在陈凯被撞死前，他用他的手机录的，保存在记忆卡上。他很聪明地拔掉了卡，丢在那里，可能对他来说，这是他最后的希望吧。人在绝望的时候，会想到身边一切的可能来告诉后来的人发生的事情，陈凯是个聪明人，绝对是个聪明人。

我又听了好几遍这个录音，越听心越沉入冰冷的水中，一身的冷汗。晓云，晓云在现场？她干什么！陈凯看错了吗？不会，陈凯不会看错，陈凯夸过晓云漂亮，在一万人中他余光瞟一眼就能认出来。

认识晓云是在去年的“十一”，我到外地出差，和客户公司的人晚上在酒吧认识的，她和她一个同事一起。客户公司的那个兄弟是个老手，晚上就和晓云的同事开房了。我实在没有这个胆子，只是和晓云留了电话。

但是就这样发展起来了，认识晓云的时间不超过一年，而且聚少离多，基本上都是利用双方出差的机会才能见面聚一下。晓云很好，我很喜欢，很少碰到这么懂事的女孩子。我心里有和她一直好下去的想法。

但是晓云到底是什么身份，我是非常不清楚的。连她公司的名字我都叫不全，好像叫什么万事通国际商贸公司，这肯定不准确。我也只知道她是做国际贸易的，经常飞来飞去地出差，但是到底负责具体什么的，只听她说过两嘴，也搞不清楚到底是干什么的。

我脑子里一片乱麻，坐在沙发上发呆，什么都不敢去想，甚至觉得自己没有勇气给晓云打电话。不知道过了多久，我的手机响了起来，拿过来一看，手剧烈地颤抖起来，来电显示的姓名是“亲爱的”……晓云的来电。

在想了很长时间后，我才接听了这个电话。

晓云甜腻腻的声音从电话那边传来：

“亲爱的，你接得好慢啊。”

“啊……晓云，你在哪里？”我也不知道我为什么会问你在哪里。

“南州啊。昨天就告诉你了啊。讨厌。”

“你没有在燕北吗？”

“讨厌啦，我在南州。”

“是吗？你什么时候来燕北啊？”

“说不好的。想我了啊？”

“啊……是的……你有座机吗？我给你打过去。”

“有啊。怎么了，用手机不是挺好的吗？”

“告诉我座机吧。我给你打过去。”

“你好奇怪啊，你怎么了？”

“没啥啊。”

“你有点反常呢。”

我沉默了。

“喂……喂……你在吗？”

“在……晓云，我问你，你别生气，陈凯死的那天，你在哪里？”

“陈凯死的那天。哪天？”

“陈凯死的那天！你是不是在燕北？”我突然把嗓门提高了八度，我并不是一个忍得住的人。

“我不在燕北啊，我后来才来的燕北啊！你怎么了？”

“你不在燕北，怎么有人看到你了！！”

“谁看到我了？”晓云好像生气了。

“谁看到你了？你说谁看到你！！陈凯！！”‘陈凯’两个字一说出来，我突然背心一阵发冷。我突然非常后悔说出“陈凯”这两个字。

“陈凯？他看到我了？……亲爱的，你没事吧？”

“我……我……”

我一阵慌乱，把电话挂了。

一分钟后，晓云的电话又来了。我很害怕，真的很害怕，我觉得晓云就像在门外站着给我拨过来这个电话。

我在发抖，不知道为什么拼命地发抖。

我没有接。我挂了电话，并关机了。

一个晚上，我都坐着，发着抖，盯着门口。

第二天，我没有上班，我去找了陈英。

陈英失踪了，她的电话关机了。他们公司的人说她今天没有来上班，我问了陈凯的家里，说陈英早上刚出去了，没有在家。

陈凯的那个卡在我的钱包里，如同一颗定时炸弹挂在我身上。

我在街上胡乱地逛了一天，开始觉得好像有人在跟踪我。人越少的地方感觉越强烈。

我一遍一遍地坐着地铁，到了十点人有点少，我又打车到三里屯酒吧，一直到酒吧要关门。

是的，是有人跟踪我。打我从酒吧出来的一刹那，我发现有两道目光收了回去。但是我不能确定在哪里。

我被人盯上了……这么快……

跑。陈凯告诉我的。我往哪里跑？回老家，回我父母的身边？一想到陈凯的眼神，我没有这个勇气。在三里屯的街边，突然有人叫我的名字："李胜利！"

三　越来越多的人失踪了

说实话，我几乎跳了起来。这个时候有人叫我的名字，简直如同招魂一样。

我回过头，看见的是一张很熟悉的脸，我的老板，吴老板。

吴老板正快步走上来，笑眯眯地喊着："李胜利你怎么在这里？今天公司没有看见你的人。"

"不好意思，您怎么在这里？"

"呵呵，我正想问你怎么在这里呢。今天怎么了，手机都关机？"

看到吴老板，我不知道怎么回事，心里居然一阵轻松。

“今天，身体很不舒服。家里也出了点事情。”

“哦！怎么搞得身体不舒服，没事吧，昨天看你还挺好的。”

“没事……我……”这个时候我突然看见吴老板的右耳中有一些光芒闪过，肯定不是蓝牙耳机，因为从外面看根本看不到。可能旁边有一辆过路的车闪了大灯的原因吧，这个反射显得特别的明显。

“明天能来公司吧。这么晚了，还在路上晃。你小子也行了呀。”

吴老板似乎看到我的眼神有异样，很奇怪地，他摸了摸自己的脸，很快又放下了。

“明天能来。”我这样说着，但是眼神跟着他的手，集中到吴老板的脸上。

“哦，那就好，我先走了。要不要我送你？”吴老板在说这话的时候，好像有点心不在焉。刚说完，就又摸了一下自己的脸。

吴老板绝对没有频繁地这样摸自己的脸的习惯，对于处于敏感期的我，更是值得我注意。

“不用了，我自己打车回去。”

“哦，好，那明天见吧。你小心点。”吴老板转身就走了。

不能这样，我必须面对一些东西，否则我肯定会疯的。我掏出了手机，打开了。

很快，短信到了，一共有五条。两条是讨厌的广告；一条是大牛发的，让我看到后速回电话，公司有上次项目的集团公司的人找我；一条是晓云发的，问我到底怎么了，为什么电话关机了，陈凯到底怎么回事啊，她弄糊涂了，让我速回电话；还有一条是陈英发的，说给我打电话关机了，她今天心情特别不好，去陈凯墓地了，希望我有空过来，给她打电话。

我看完这些短信，手机响了，是晓云。

我想也没有想就接了电话，晓云急迫地说：“你到底怎么了，你知道我今天给你打了多少个电话吗？”说着好像有点哭了。

我最怕女人哭了，一下子乱了方寸，抱着电话小声地说：“别哭，别哭，宝贝。是我不对。”

“那你昨天晚上到底说些什么话嘛，莫名其妙的。”

“因为……”我很想把陈凯说看到晓云的事情告诉她，但是我忍住了，“因为……唉……怎么跟你说。你当我是放屁好吗？”

“你就是在放屁，吓得我昨晚上没睡着。还关机。”晓云说着已经在使劲地哭了。

“别哭，别哭，我道歉，是我昨天见了陈英……啊……”我觉得我好像又说错了。

“陈英？”

“不是，我没有见她，她……”

“陈英说什么了吗？”

“没说什么。我……”

“你不是说没有见吗？什么叫她没说什么？”

“我……”

“我知道陈英不喜欢我，她肯定说什么了，要不你不会这样！”

“晓云，她真的没有说什么！”

“李胜利，你混蛋！！”

电话挂了。我呆呆地垂下手。再打过去，她关机了。

我混蛋，我好像真的是个混蛋，但是陈凯的录音，不可能是他眼睛花了吧。这个世界上，相似的人也有很多，陈凯在那种情况下，看错了也是有可能的。我为什么首先就立即怀疑晓云，立即觉得她参与了陈凯车祸的事情，而不是先想到这些呢？

我是一个平凡的人，我为什么要想象我接触到了一些电影情节似的东西？

就这样在矛盾和自责中，回到了家。

家里还是老样子，一点都没有变。我开始觉得这似乎是场梦，于是立即去洗了个澡。总算平复了心情，开始思考这到底是怎么一回事。

陈凯的录音的确对我冲击很大，但是他当时的精神状态很可能也有问题，陈凯本身就有点想象力过剩，那种情况下，他也许在胡想，就像我今天在胡想一样。

还有，陈凯的死真的和我有关吗？他的死，唯一和我有关的，应该只是那个斑。

斑？我猛地身体一阵抽动，冲到浴室把镜子拿出来，又开始找我的那个斑。的确，那个斑消失了。

我用手指使劲地按着背，也没有发现以前的硬块，但是我又仔细地按了一遍，终于在脊柱旁边按到了点东西。

是一个左右对称的东西，不大，长条形，横跨在脊柱两边，有香烟那么粗，很柔韧，不仔细按绝对察觉不出来。

我尝试着用手指把这个东西左右捏在一起，终于如愿以偿，就是一个香烟那么粗细和长度的东西，中间似乎粘在我的脊柱上。我再一使劲，一阵剧痛！

特别的疼，是那种拉动神经的疼痛，直接反映到我的脑子里。

我心想，不会是长在脊柱里面了吧？那可有点糟糕了。这到底是什么东西，肌肉纤维吗？怎么这么疼？

妈的，我骂了声，怎么有这个东西？

和这个怪东西折腾了好久，我被电话打断了。

是陈英。

陈英说在我家楼下，说她不想回家，能不能上来找我。我看看表快三点了。她这么晚还不回家干什么。我说行，你上来吧。

陈英一进门满身都是酒气，她应该喝了不少的酒。

我把她弄在沙发上躺着，给她倒了果汁。

我坐在她身边，问她怎么样了。

陈英哼哼唧唧的，好像想说什么。

我说："这么晚了，你不回家，家里会担心你的。"

陈英就哭了，突然就把我抱着，力气之大，将我死死地压在沙发的靠背上。

陈英哭着，歇斯底里地说："胜利哥，我哥死了！"

"是啊，别提了。"

"胜利哥，你知道吗？我哥死了，我只有你了！"

“不要紧，英子，你起来。”

“不要，我就要抱着你。胜利哥，你尽管一直把我当妹妹，但是我真的很喜欢你。我哥死了，我再也听不到你的事情，我很难过。你不要不理我。”

“英子，你……先起来。”

“不起来，胜利哥，你抱抱我嘛！”

“你喝多了！”我一挣扎，坐了起来。

“胜利哥！”陈英又要往我身上扑。

我立即站了起来。

“英子，你喝多了。真的。”

“我没有喝多，我二十五岁了，我也不小了，我什么都明白！”

“但是……我有晓云啊！”

“晓云她是个坏人！你没有听到我哥的录音吗？我哥死了，是她害死的，她也会害死你的！”

“别胡说！晓云不会这样！”

“就要说！晓云从我见到她开始就觉得她怪怪的，这是女人的直觉，她根本就不喜欢你！”

“英子你再胡说我生气了！”

“你生气吧，你生气吧！你也不要我了！”

英子站起来，冲门口奔去。

我拦不住，英子就这样跑了。我气喘吁吁地靠着墙，不知道为什么，没有去追她。

第二天，我去上班。一切似乎都很正常，熟悉和不熟悉的同事也没有什么特别的反应。大牛跟我说那个集团公司的人来了，坐了一会儿知道我不在，就走了，什么也没有说。

中午的时候，吴老板过来了，看到我笑了一下，也什么都没有说。

下午接到陈英她爸妈的电话，问我知不知道陈英去哪里了。我没敢说昨天晚上那一段，就说好像她和朋友玩去了。陈英爸妈说没有她消息了，晚上没有回家，今天电话好像也关机了。

我说应该没事吧。

晚上下班，看到有救护车呼啸着往陈英他们家那个方向赶过去。我心里突然有点莫名其妙的恐慌，陈英家离我租的房子很近，一公里多点。我就先往陈英家走过去，想着好久没去他们家了，多少去问个好。

还没有到小区就看到浓烟，我跑过去，小区已经乱成一锅粥了，有人家里着火了。我一看，熟悉的楼，熟悉的楼道和楼层。

那个冒着熊熊的黑烟的屋子，就是陈英家！消防员正在向屋子里面洒水。

我真的傻了，完全的。发着呆看着，好像在看一部电影一样。很久很久，知道火灭了我才清醒过来。我想冲上楼，被拦住了。到处打听，才知道好像是陈英家的燃气爆炸，已经不可能有人活着了。

都死了，陈英也死了？打陈英的手机，是关机。

我的心又一次被撕裂了。如同梦游一样回到家，接到另一个电话，是警察。警察问我认不认识陈英，我说我认识，警察说昨天晚上是不是给你打过电话，我说是，警察又问你们是什么关系，我说我是她哥的朋友，警察问你知道他们家的电话吗，我就傻傻地笑着，说：“他们家爆炸了。哈哈，哈哈……”

我也不知道怎么着，来到了警察局。陈英死了，从天桥上跳下来，让车撞死的，整个人四分五裂，没有全尸，我当场就吐了。

更倒霉的是，我精神分裂一般走出警察局的时候，电话又响了。又是警察，他们问我认不认识朱晓云，我说认识；他们说朱晓云失踪了，他们公司报警了，说南州那边找不到她，酒店也没有人，也联系不上她，行李一切都在，就是人不见了。因为她手上有重要的商务信息，所以打扰我，问我是否知道她在哪里。

我说：“她死了吗？”

那边警察怒吼一声：“你再说一遍！！！”

我说：“她死了吗？”就挂了电话。

刚才那个警察的来电又响起来，我挂了，就这样通了挂，挂了通，直到对方不再打过来。

“晓云！！！”我吼了起来……

天黑得可怕……

四 神通广大的一群人

晓云失踪了？我能想到的又是陈凯的录音。但是这次我觉得晓云似乎是无辜的，因为这个局面的出现，晓云也应该是一个受害者。到底是谁在监视着我？为什么只要出现与陈凯的死有关的事情，我身边的人都消失了？在别人看来，这一切似乎都和我无关，谁也不会相信我。难道我的一切行为都被监控了吗？怎么监控的？

我突然跑了起来，跑回家，因为我觉得我的背上背了一个定时炸弹，那个斑就是那个炸弹！！没有人能帮我，我不能再和任何人说起这个斑，我只有靠自己。

回到家里，家里冷得可怕。简直有点陌生。我将上衣脱了，用镜子找到了我那个斑，变化的香烟一样的身体里的硬块。这个硬块像一条蜈蚣一样横在我的脊柱上。

我也许真的发疯了，大脑嗡嗡地乱想，一切都不顾了。我从厨房里面把刀子翻出来，点燃煤气，把刀尖烤红。站在客厅中央，用手捻着那根“香烟”，毫不犹豫地刺了下去。

剧痛，无法形容是那么的疼，以至于我惨叫了一声。明显地感觉到，那根“香烟”扭动了起来，牵扯着我的心脏、腹部、肺部和大脑，随着这根“香烟”的扭动而扯动着。

我“啊”了一声，拔出了刀子，丢在地上，几乎昏眩过去。

这种痛楚持续了大概一分钟，我摸了摸后背，除了血以外还有青色的液体，那根“香烟”却消失了，消失在我的身体里了。

到哪去了？这个鬼东西，活的吗？我开始在屋里手舞足蹈地到处捏着，弄得满身都是鲜血。

我家的门被踹开了，两个警察和两个便衣冲了进来 。看到我站在屋子中央，赤裸上身，并且满身都是血迹，他们也应该吓了一大跳，吼着：“李胜利，你干什么？站住！停下！”我也冲他们吼着：“你们是谁，滚出去！！”

僵持了不到三十秒，我被制伏了。

我被四个彪形大汉牢牢地按在地上，动弹不得。我挣扎着，可是四个成年的男人，我根本就对付不了。我嚷嚷着放开我，我觉得我只是一只可怜的小蚂蚁，巨人们只要伸出手指，就能把我捏个粉碎……

以后的两天，是在看守所里面度过的，我也不知道多少人问了我多少个问题，也不知道是谁问了我，只记得口气都是一样的："李胜利，我问你的问题，你要如实回答。我们会调查清楚。"

我记得我看到了我们公司的吴老板、大牛、几个同事从我面前走过，有穿白大褂的用手电筒照过我的眼睛，我躺在一张又冷又硬的床上。我一直在想，可能，我疯了；可能，这都是梦而已。

调查结果出来了，我和陈英自杀、陈莫家爆炸、朱晓云失踪、陈凯车祸没有任何的关系，因为我都不可能作案。我有足够的证据证明。警察告诉我，这些人纯属意外事故，没有任何人参与。

我心里笑着："狗屁警察，他们也只是和我一样的蚂蚁而已。"警察交给我一袋东西，是我的钱包钥匙手机等。就这样，我从看守所里面回到了家中。

地板的血迹还在，这个家里所有的地方都很明显被人粗鲁地翻动过，这应该都是警察的所为。

我的手机没电了，充电的时候发现短信和所有的通话记录都被清空了。我打开我的钱包，钱一分没有少，唯一少的东西就是陈凯的那张记忆卡。最后的线索也断了。

我独自一个人坐在这个空洞的房间里，哭了。

往后的日子里面，如果不是因为有这些记忆，生活并没有什么特别的地方。我接了不少的电话，包括我爸爸妈妈的，他们的关心让我很感动，不过我多余的话一句都没有说。晓云仍然是失踪状态，也接到几个警察来调查晓云一些情况的电话，我也说不出什么来。

向公司请了几天的假，吴老板并没有什么特别的反应，不过其他几个同事，接电话的时候多多少少有些啰唆，我的事情估计他们也都知道了。一旦被怀疑精神有问题，大家都会避而远之。算了，也可以理解。

“香烟”再也找不到了，这个东西似乎就永远地消失了。如果不想这个东西，我并不觉得我的生活中有任何的问题。

不过，我开始有做噩梦的毛病了，经常会浑身大汗地惊醒，但是并不能清楚地记得到底做过什么梦，只知道很恐怖。

一个月过去了，我的工作也恢复了正常，开始接手做一些项目，毕竟我在公司是非常有资格的一个项目主管，大事少了我还有些吃力。那个集团公司的人来过一次，很正常，是一些关于系统维护和升级的事情，这都是我们必须提供的服务。我面对这些人的时候，也很平静，丝毫不去想那些回忆。

晓云被正式列为失踪人口，她不见了，我反而心中有种踏实的感觉。也许我是个懦弱的人吧，我并不是没有感情的人。

在我尽力想恢复我的正常生活的时候，我的脑袋却闹了毛病。我老是做噩梦，而且会莫名其妙地头疼，有时候好像触电一样大脑内电闪雷鸣的，而且眼睛中金星乱冒。

我去看过医生，医生说可能我前段时间受过一些刺激，对大脑有损伤，给我开了些叫不上名字的药，并嘱咐我尽量多参加社交活动，增加体育锻炼，尽量想写开心的事情。

我都照做了，而且我发现我特别喜欢跑步，身体里的能量能够发泄出来，而且越跑越长，最开始只是绕小区跑两三圈，很快就必须扩大范围，并尽量跑快一点，要不总觉得不舒服。每次锻炼下来，身体也觉得特别的舒服，哪天不跑步就有点肌肉胀得难受。

最害怕的还是睡觉，因为会做噩梦，而且现在逐渐能够记住到底做了什么梦。那些梦很荒诞，不是被关在小屋子里面就是自己快速地膨胀以至于爆炸，要不就是有人追我。

我上班以后的一个新项目完成了，而且很成功，大家开庆功会的时候，我拿到了最大的一个红包。劫后初生，加上高兴，我喝了很多，这几年估计都没有喝这么多。

晚上回家洗了个澡，吃了两片药，就睡了，中间起来吐了一次，然后就又睡着了。

早晨的阳光照醒了我，我一看时间，不早了，赶快起身洗漱，去了公司。今天交通特别顺利，没有多久就到了公司。

坐上办公位，打开电脑，看时间还早，就去网上看了看新闻，居然没有更新，新浪他们太懒了吧。估计这个公司做不下去了，新闻都不更新了。

大牛跑过来和我胡扯了两句。一会儿有人拍我的肩膀，我回头一看，乐了："陈英啊，你怎么在我们公司啊？"

陈英笑眯眯地说："大忙人，我都上了两天的班了。是你自己不知道，我还要和你打招呼。"

我哈哈地笑："怪我，怪我，这两天项目收尾。"

陈英说："真讨厌，就知道你这么说。晚上请我们吃饭啊。"

"还有谁啊？"

"我和我哥啊。"

"行啊！"

"我哥来了，他可听见了。"

陈凯还是那个鬼样子，吊儿郎当的。

"胜利，你小子，老是不来看我！！"

"今天怎么了，你怎么也在这里？"

"爷现在是你们公司新的项目总监，怎么不在这里。"

"什么，你？还是我上司？"

"不服气呀。哈哈。"陈凯狠狠地打了我一拳，"待会找你聊。"

"我也先回去了。"陈英也笑着走了。

"好，好。"今天我觉得怎么这么开心。我想着，还应该去找一下吴老板。

敲了敲门，里面传来女子的声音，"进来！"

我一纳闷，门已经推开了。"晓云，你怎么在这里？"

晓云敲敲桌子："呵呵，你说呢？"

我靠近晓云："你还不告诉我啊，小心我挠你哦。"

"别，别。"

门又推开了，吴老板进来了。他哈哈大笑："你们两个，一见面就要亲热啊。胜利啊，朱晓云是我们公司新的副总，这个办公室给她了。"

“吴总，今天怎么我看到好多熟人啊。”

“这有什么奇怪的。你看，我们的大客户也来了。”

说着，那个集团公司的总经理进来了，但是他没有穿西服，穿的是一身蓝色的制服。

“我来看看你啊，李胜利。”

“谢谢领导，谢谢领导！”

“你那个项目做得很好，我这次来打算再让你们接一个项目。”

“好的，好的，领导请吩咐。”

“这次的项目是爆破任务。”

“爆破？”

“对，你看，那边正做着呢。”手一指窗外。

我转头一看，窗外，熊熊大火正在燃烧，整个城市都在一片血红色中。

“这……”我并没有觉得奇怪，“我是做通信工程的，不会这个呀。”

“很容易，你看看这个就明白了。”

这个总经理拿出了一个东西，摊在了他的手掌上……

五 我到底是谁？

总经理的手中拿着一个蓝色的斑，有巴掌那么大，而且在蠕动着。一会儿，就变成了我的头。

那个头对着我说：“你认识我吗？”

“啊”的一声，我惊醒了。满身的大汗！这是个梦！这是个梦！这是个梦，但确实如此真实，连里面所有的时间都是正常地流逝着，让我觉得这就是刚才发生的事情。

真实得让人可怕，是那种已经超脱出梦的真实，而且记忆如此的清晰，连梦中的感觉都存在着。梦中陈凯打了我一下，有点疼，现在胳膊的那个地方还是有点疼。

我捂着脸，沉重地喘着气，根本没有一丝一毫的睡意了。

看了看表，四点半了，也就是从我睡着才过去了两个小时而已，但是在梦中发生的事情应该有五个小时以上。

我起来洗了把脸，凉水让我更加清醒了。现在我还在梦中吗？是不是我所有的记忆都是一场刚才那样的梦？陈凯是不是晚上又屁颠屁颠地来找我吃饭，晓云继续会每天和我打电话撒娇？

我无法在家坐着，穿好衣服，穿上运动鞋，下楼跑步。天已经有点蒙蒙亮了，我向着陈凯他爸妈家跑去。看到的是被大火烧过的痕迹，破损的窗户用尼龙布包着，透出一股恐怖的黑。

我突发奇想跑上了楼，陈凯父母家的房门用一个简易的搭了尼龙布的铁栅栏遮挡着，我轻轻一推，铁栅栏就吱的一声开了。因为没有光投进去，加上被大火焚烧过，房屋黑乎乎的。

我侧身挤了进去，整个房间没有留下什么东西，应该是被打扫过，只有一些废纸丢在地上。房间空空的，黑黑的。

房间并不大，稍微迈上几步，所有的情况就一览无余。

我正打算退出去，铁门哗啦啦地响了。

“干什么的？”门口一个老人的声音。

“没干什么。”我立即挤到门边，钻了出去。

一个早起的老人正警惕地注视着我，脸熟。

“王叔吧。我是胜利。”

王叔打量了我一下，楼道黑，他半天才回答：“胜利啊，你怎么来了？”

“我早上跑步，过来看看。”

“唉，快走吧。这房子不是个吉利的地方。”

我和王叔走到楼下，王叔和我说：“胜利，你以后不要再进这个房子了。这个房子邪门得很。”

“怎么？”

“着火后，经常有些奇怪的人过来看。”

“什么样的人啊？”

“可能是警察，但那表情不像，都是一张张冷脸，没有表情，警察再怎么样，见了我们还要打个招呼。他们可好，根本就不搭理你。”

“啊，不是警察吗？”

“穿一身蓝色制服，没见过那样的制服。”

“哦，王叔，我知道了。先走了。”

“唉，胜利……小心点啊……”王叔还不忘和我打个招呼。

一听到这个蓝色制服，我就觉得可怕，我还是少和王叔聊，因为只要和我的这个事情有关的人，都遭遇不幸了。

我心里憋着一股劲，使劲地往家里跑去，身体里好像有一股使不完的力气，速度快得我都有点吃惊了，我能这么跑吗？有些晨跑的人都好奇地看着我，被我迅速地甩远了。

来来回回跑了好几圈，我终于觉得有些累了，换上正装就上班去了。交通堵塞和平时一样严重。

一整天上班都在看来看去，总怕陈凯又在背后拍我一下。

以后，类似的梦开始越来越多，后来到了一天一次的局面。不过，也不是所有的梦都很恐怖，有的梦就是我在超市买东西，看了这个看那个，付钱的时候发现身上没钱，就醒了，很平常的日常生活。但是所有的感觉都和清醒中一模一样，因为太真实了，以至于有时我在醒着的时候，仍然怀疑自己在梦中。这种感觉让我的正常生活有了非常多的麻烦，比如我会到处找我在梦中买的一张 CD。

就这样过了一个月，我没有敢去看医生，也没有和任何人提过我做梦的事情，只是觉得我似乎人格分裂了，好像存在着好多个我。

后来有一个梦，梦见我成为一个自己不认识的人，也有一些陌生的人，但是在梦中我都认识他们，甚至能叫出他们的名字。开始时应该是一个叫王行财的人，好像是个农民，梦见他的时候他正在和老婆以及老婆的妹妹吵架。后来又梦见我是一个说崇明话的女人，在酒吧和男人调情，以至于能感受到那男人的下体插入体内的感觉。

所幸的是，这种梦只发生在我晚上睡着的时候。每次，我都会记录下来：发生了什么，出现了什么人物，这些人我不认识，这些事情不是我做的。

有一天，我做了这样一个梦。这个梦和我后面的经历有关系。

我梦见我被关在一个很小的房间里面，穿着白色的紧身衣，嘴巴里塞着一个套子，让我牙齿和嘴唇不能在一起，也不能说话。有两个穿着白大褂的医生进来给我打了一针，使我昏睡了过去。但是奇怪的是，尽管知道我昏睡了过去，但是听觉是好的，看不见是因为我梦见的这个人眼睛合上了，这是种古怪的感觉。

这是一段古怪的对话。一个人说："13段A的药准备好了吗？"我暂且叫这个医生A医生，另一个说话的我叫他B医生。

B医生说："好了。"

A医生说："波动怎么样？"

B医生说："正常，已经进入抑制段。停止脚力敏了。"（我是直接音译，我也不知道脚力敏是什么。）

A医生说："好的，给我利奇斯瑞。"

一会儿，A医生说："奇怪，波动尽管停止了，体超波怎么有联系反应？"

B医生说："第五段U组有一些形式跳跃。"

A医生说："不是做了体封闭了吗？"

B医生说："1、2、3、4基础段全部封闭了。5段不可能……"

A医生说："你让开。"

A医生突然喊了一声："5段C、D、G、I全部有外部低联，有外发波在低联区。"

B医生说："这是……"

A医生说："叫维克斯基过来。这是有外部非正常原体和它联系！明白不！"

一会儿，一个老外过来了，和A、B医生叽叽喳喳地说英语。我英文很差劲的，只知道他们在争论什么。

A医生说："把西图尔敏注射到第五段X。这个原体在和外部其他原体通信。是偶尔性被动通信！外面有原体主动联系上了它！

还不清楚它们通信的内容是什么。”

B 医生又开始和老外嚷嚷外语。

那老外怒吼的两句我听懂了：“FUCK！ STOP IT！”

A 医生又冲 B 医生嚷嚷：“让高声均、高声民、高声强，把瓦格列拖过来！快！”

B 医生说：“要作废这个原体吗？”

A 医生低低地吼着：“是！作废！”

B 医生说：“可是，林主脑他说……”

A 医生说：“一切由我承担！我会亲自和林主脑解释！”

在一阵乱哄哄的金属碰击声中，A 医生的吼声依然很清晰：“打 88A 报告到 GGF，情况 OTT！！”

B 医生在旁边叫着：“3 、2、1……”

我醒了。我可以感觉到我梦中的生命在瞬间被消灭掉了，是的，是死了。那感觉异常的清晰，是死去的感觉。

我喘着粗气，哆哆嗦嗦地打开灯，立即把这个梦记在本子上。

再也没有睡着。

六 网络新闻和晓云回来了

这个梦让我非常的不安，我宁可相信这是一个虚构的梦，就像第一个梦是关于陈英和陈凯的。这个梦里面说了一大堆我根本不太懂的话，勉勉强强才能将这个梦的大概说出来。不过我知道，如果这个梦是真的，那个和梦中的人进行了通信的很可能就是我。

梦是如此的真实，那种体验死亡的感觉，让我更加对死充满了恐惧。在过后的几天，我如同受惊的耗子一样，对别人多看我几眼都异常的警惕。

老实说，这两个月下来，我梦见的人很多，而且每个人的性格、所见所闻都记忆得很清楚，不知道这是否会增加人的阅历，我觉得我考虑问题似乎比以前更清晰一点，而且有时候冷静得不像是我了。

我喜欢上网，在办公室没有事情就去看新浪等门户网站的新闻，特别是社会新闻，只有这些互联网网站才会刊登各地异常血腥和变态的新闻故事。

就在这个梦之后的第三天，我看到新浪的一条社会新闻，某地农民王行财在杀妻杀小姨子后自杀，王行财如果我没有记错，我梦见过他和他老婆及老婆的妹妹吵架，并动手打了他老婆。这个新闻描写得如此详细，让我第一次感觉这个王行财就是我梦见过的人。第四天又看到一条新闻，一女子裸死街头，百人围观。甚至很恶心地刊登了这个女子的裸死图片，这个女子手腕上戴着一个巨大的藏族的手镯，如果我没有记错，我也梦见过这个女子，因为对这个手镯我有非常深刻的记忆。在另外一些网站上搜索，最近死人的新闻突然增多。

我有强烈的预感，A 医生他们的“报废”计划已经展开了，我是否也是报废中的一人？想到死我总是很害怕，但是这次却多了一丝强烈的求生欲望，我应该活着，我绝对不能死！

晚上做了另一个噩梦，我梦见我趴在地上，有一个人向我身体里注射着什么，然后觉得我被一种力量驱赶了出来，并最终被吸入到一个冰冷的瓶子里，立即无法动弹。我听见一种嘶嘶的细小的声音，听起来很可怜，很弱小。然后我就醒了。

我也无法说清这个梦到底是什么意思，只是觉得特别的悲伤，一种离别、无助的悲伤。

第二天晚上，我正在家里上网看新闻，又听见门正在被人用钥匙打开。我竖起耳朵听了听，的确是我家的房门。

我站起来，向门口走去，这时候一个人已经钻了进来。

“晓云！！你！”我并不是高兴，而是害怕地全身哆嗦起来。

晓云一脸疲惫地看着我：“别大惊小怪的，你以为你看到鬼了吗？”

“不是，我……”

“我告诉你啊，我是人不是鬼！”

晓云很熟悉地把手提箱摔在旁边的鞋柜旁，也没有搭理我，径直走到沙发上坐下，拍了拍沙发。

“别愣在那里，你过来坐下。”

我慢慢地仔细打量着晓云，就是晓云，神态面孔是她，连声音也是她。

“过来坐呀。”晓云对我嚷着。

“哦。”我很小心地坐在她的身边。

“你是不是以为我死了？”

“没有，没有。我……”

晓云突然一把把我抱住：“你知道我去了哪里吗？”然后趴在我肩膀上哭了。

我最怕女人哭，而且又是我爱的女人。

晓云讲述了她失踪这段时间的经历，她去了西藏，在那里待了很长时间，感悟很多。昨天晚上到了燕北，但是没有来找我，在燕北找了个酒店住下来，今天才来找我。

我相信了。我没有理由不相信她，看着这个楚楚可怜的尤物，我还能说她什么呢。

晚上同眠的时候，我想“碰”她，被她很生硬地拒绝了，她说她心情很糟糕，改天再说。

我有点睡不着，但不知道怎么了，开始迷迷糊糊的，这个时候我的梦似乎又开始了。

我梦见晓云从她的行李箱里面拿出一个茶杯大小的金属容器，同时还有一个密封的塑料袋，里面装着一些注射器一样的东西，她把我拖到了地上，并把我翻了过来。

我并没有什么不适，只是觉得一切都是迷迷糊糊的，没有什么抵抗意识。

我感觉到晓云在捏我的后背，捏着捏着就很惊讶地“咦”了一声。然后站起来，离开了我，然后好像在客厅里面说话，听不太清楚。然后又回来，把我拖到床上。我一百五十斤重，晓云拖动我并不是很吃力的感觉，我就像沙袋一样，又被丢到了床上。

我还是迷迷糊糊的，整个晚上都这样，晓云一个晚上都在咕噜咕噜地在客厅说话。慢慢地，我这种迷糊的感觉好像没有了，真的好像睡着了，直到我“醒”过来。

晓云在卫生间洗漱，我悄悄地站起来，光着脚向卫生间走去，趴在门边，说：“晓云。”

咣当一下，晓云手里的梳子掉在了地上，她像触电一样转过身对着我。我笑了笑："晓云，起这么早？"我尽管记得我晚上的梦，但是我很平静，出奇的平静。

"哦，哦，是……你、你怎么起来了？"

"到时间了我自然起来了。"我走上去一步，把晓云一把搂住。

晓云尽管有点挣扎，但是可以感觉到她在颤抖，而且很快身体就软了下来。她也应该感觉到了我有个东西在顶着她。

"不要。"晓云侧着脸说。

"晓云，这不像你啊。你怎么了？"我还是笑嘻嘻地说。

"不是，我身体不舒服。"晓云支吾着。

"试一下。"我说着就已经亲吻到了晓云的脖子。

"不……不要这样。"

"为什么不能这样？难道你不是晓云吗？"我并没有停，但是我觉得我这样说她不会再反抗。

"嗯……"

和晓云的这次感觉非常的不同，尽管我俩做爱的次数并不是很多，但是我明显地觉得，晓云的胸部比以前更加坚挺，甚至连身体扭动的频率都不太相同。而且，她的下面，比以前更加湿润和紧。

我没有戴安全套，我以前都戴那个东西。

而且，我觉得我有用不完的力气，可能是今天早上没有跑步的原因。

刚开始，晓云并没有什么反应，不过，随着我越来越快地用力，晓云开始逐渐呻吟，并使劲地配合着我的动作，而且声音越来越大。这和以前的晓云完全不一样。

我闭上眼睛，觉得我并不是和晓云在做爱，而是和另一个女人，这越发让我兴奋，也让晓云的叫声更加惊天动地。

我相信我让晓云到达了很多次高潮，我对自己的能力也很满意。

我射在了晓云的身体里。

这是一次很精彩和值得回忆的性生活。

晓云喘着气，完成任务一样开始和我说话。

我突然觉得她的智商很低，她想问什么以及下句想说什么很容易就猜得到。

晓云问：“你还记得你以前那个斑吗？和我说过的。”

“呵呵，斑？什么斑？”

“就是在你背上的。”

“没有啊。你记错了吧？亲爱的，我没有长过斑。”

“蓝色的斑啊。你忘了？”

“哦？好像……”

“记得了？”

“好像你说你以前腿上长了一个。”

“呜，不是的。我是说你背上的。”

就这样，我让她根本没有问到我任何的信息。最后她哭鼻子，说我欺负她，我才安慰她：“好像以前是有一个，但是好了啊。没有了。”

她说："怎么好了呢？"

我说："就是那样好了啊，这些东西我都不在意的。"

"那，你身体上其他地方有什么不舒服吗？"

"哦，我下面不舒服。"

"你……"晓云似乎又要哭了。

"好了，好了，我上班了，你在家待着，我们晚上出去吃法国菜。"

"你，你早点回来。"

出门之前，我又突然很冲动，把穿得很暴露的晓云又狠狠地按在沙发上干了一通，这才满足地走了。

一路上，我都在得意地笑。

公司里，吴老板的脸色似乎并不太好，他叫我到他办公室，问我最近的工作情况。都是些废话，最后才说："有空我去你家做做客。"我自然大声地说："欢迎，欢迎！"

然后我笑眯眯地出去了。

晚上回到家，看到晓云乖乖地像个小兔子一样老老实实地在沙发上坐着，看到我居然一阵脸红。我把包放下就过去亲她，她推推搡搡地说："等一下，我去下卫生间。"

过了一会儿出来，我就闻到她身上有一股甜腻腻的味道，一闻就有点像昨天晚上做梦那样有些迷糊。

晓云往我身边一坐，这味道更浓烈和香甜了。

我还是拼命想搂着晓云亲吻，晓云让了两下，我就开始没劲了，晃晃悠悠地往沙发上一靠，睡着了。

还是那样，我并没有睡着，只是迷迷糊糊的，不能动弹了。

听见晓云就开始在客厅里面嘀嘀咕咕地说话。

我这次迷糊的感觉持续了不久就消失了，不知道怎么回事，居然清醒了。但是我的身体还是处在睡眠状态，我尝试着动了动手指，只能非常轻微地动一下。

但是我知道我一使劲就能起来，不过我并没有这么做，还是假装睡着了。

晓云很焦急地在屋子里面走来走去。直到响起敲门声，晓云才快步跑过去把门打开。

我听见了熟悉的声音。

“真是麻烦。李胜利睡着了？”

“是的，这次的浓度很高。”

“嗯，我看看。”

这个人就是我公司的吴老板，他的声音实在是太熟悉了。

吴老板走近我，翻开我的眼皮，我吓了一跳，因为我能清楚地看到他。这家伙一脸的严肃。然后合上我的眼睛，说：“嗯，无意识状态。”他应该又掏出了个什么东西，冰凉的，在我身上扎了一下，说：“身体也无反应。来，帮我把他拖到地上。”

他们两个就把我弄起来，丢在地上。然后我的上衣被脱去，裤子也被脱掉，正要脱我的内裤，听见晓云哭了。吴老板骂道：“哭什么啊！”

“他、他强奸了我。”

“你还有脸说，什么强奸，就算叫你一切都配合他，也没有见到你叫得这么大声的。有这么爽吗？”

“呜……组长，我……”

“你把我的脸都丢光了，你知道老马、老张他们组的人都在听，全部都听到你在那爽得杀猪一样叫！后面还什么都问不出来。你啊！”

“组长，我也不想！”

“我看你缺男人！快，把他内裤也脱了。”

晓云手抖抖的，把我内裤也脱了。

这两人开始在我身上摸索着，过了一会儿，吴老板说：“你记得墨西哥那例吗？”

“记得，和他差不多。”

“那你就去那里摸一下。”

“组长，我不……”

“你叫我摸吗？”

“是，组长……”

我的隐私部位叫晓云又好好地捏了一次。

“没有吗？”吴老板问。

“没有。”

“看来真的有点问题，这个家伙弄了不少事情出来。嗯……算了，尽管麻烦点，直接作废吧，反正是 OTT 情况。”

“那他也要死吗？”

“当然。”这句话说得非常的冰冷。

“好的。”晓云回答得格外的轻松，似乎让我去死比让她摸我下体来得更加轻松。

晓云说完就开始翻动她一个哗啦哗啦响的袋子。

我并没有慌，我知道很可能有这种情况。

我试着用了用劲，发现我绝对能够站立起来。

于是，我猛地从地上飞快地站了起来。

吴老板和晓云的吃惊程度恐怕远远超过我的想象，以至于他们两个就呆呆地站在那里。

我已经抓起了我的内裤拉开了房门的时候，他们两个才向我扑来！

我一出房门就立即把房门边上的一堆破烂弄倒在门口，然后赤裸着身体开始疯狂地跑。

后面响起非常尖锐的声音，像是某一种哨子。

在我冲出楼道的时候，两个穿蓝色制服的人挡在了我面前，我越发明白和清醒，我和他们终于直接碰面了。

不过，我满脑子就是一个字：“跑”！仿佛陈凯的声音也在我耳边喊叫着。

七 半个火车站的人在抓一个穿内裤的

赤裸着身体奔跑不知道是不是一件幸运的事情，那两个蓝色制服的人看到我裸奔过来，也是本能地一愣，不过他们的反应也很出色，立即很熟练地合围上来。

可惜，我是裸体，他们的大手在我身上抹来抹去，并试图把我抱住，我才知道原来穿着衣服的时候，是最容易被人控制住的。

我大脑里面充满了求生的欲望，一扭二扭居然挣脱了他们的合围，窜出了楼道。

正是下班的人陆陆续续回家的时候，初秋的季节天还没有黑下来。于是，我一个赤裸的人在小区众人惊讶的叫声中和注目礼下，被四个穿蓝色制服的人追赶着。

我晃过一栋楼，迎面就是小区的出口，但是又有三个穿着便衣的人凶神恶煞地向我冲了过来，这个时候非常容易分辨出来他们是一伙的，因为目标都是我，而且隔着很远都能感觉到他们的眼神里都是火辣辣的杀气。

身后密集的脚步声和喊叫声也近在咫尺，而我似乎没有退路了，只有不远处两米多高的围墙，冰冷冷的。迎面而来的三个家伙已经在怀中摸索。“枪！”我下意识地认为。

也不知道哪里来的一股子劲，我向围墙冲去，奋不顾身地一跳，居然抓住了墙的顶端,手臂一提,我整个身体就像惯性一样翻了过去，稳稳地落在外面的马路边上的花坛里。

我什么都没有想，立即跳了出来，一个过路的女人立即尖叫了起来。我还朝她一笑，呵呵，奇怪吧，我的确还朝她一笑。

然后就是撒腿怒跑，这是一条比较热闹的街，这个时候是人来人往，我这个裸奔者自然是当时全街轰动的景象！还有几个人跟着我跑起来，看看我到底要干什么。

很快，我就听见汽车的声音在后面不正常地轰轰地响着，一回头，三辆汽车，七八个人，一起在路上不顾一切地追逐着我。

不能在大街上跑！仗着我熟悉这里的道路，我开始向小胡同钻进去，七转八转，也不知道跑了多久，也不知道吓倒了多少女性，穿过了多少条马路。终于，我身边安静了下来。我躲在一个垃圾房边上的花坛里面，这个时候，天也黑下来了。

我并没有喘气，我觉得我还能继续奔跑很长时间，这可能是我长期跑步的好处。我在那里蹲着，警惕地听着、看着周围的动静。不过，很快，我就听到不远处有汽车尖锐的刹车声，和一些号令似的吼声。

他们来了！他们又找到我了，厉害！

我从花坛里跳出来，向没有声响的巷子里面跑去，所幸的是，我终于穿上了一直被我拿在手里的内裤，并在路上扯下了一条运动裤和一件衬衣，并弄了一双旅游鞋。穿着尽管比较紧，但是还算合身。

当我要跑出这条巷子的时候，我发现了一群人已经在巷子那边向我追过来，我开始意识到他们知道我身在何处，而且能够准确地判断出我在哪里。这个意识越来越强烈，如果是这样，我最终将被他们团团包围，绝无脱身的可能。

我翻过了两道围墙，很快感觉到我的脑袋开始剧烈地疼痛，几乎让我停止前进，并且我的脖子后面开始突突地跳，我一摸，摸到一条青筋一样的东西在后脑勺的尾部剧烈地抖动着。

我并没有觉得吃惊，只是拼命地控制着自己，不断地告诉自己坚持住、坚持住，不过我的脚步还是慢了下来。

在听到前后左右都传来追赶者声音的时候，我大吼一声，并不是因为害怕，而是这种疼痛到了无法忍受的程度。不过，在吼声之后，这种痛楚骤然地降低了，很快就没有了感觉，身体也格外的轻快。

我在一群蓝制服的人的跟前，跳入了一条臭水沟，马上在我旁边就响起了呲呲的东西射入水中的声音，这应该是一种消声手枪吧，我知道他们已经很明确地想要我的命。

也不知道是我的幸运还是巧合，我很快就找到了一个桥墩子，在桥墩子的掩护下，翻过了臭水沟，逃走了。

为什么要说逃走了？是因为在后面的一段路途中，我没有听到那些人如影随形地跟着我的动静。我明白可能他们的确失去了我的踪迹，也许是不久前大脑剧烈疼痛的好处吧。

我找了个安静的地方待了下来，除了全身污水并恶臭外，运动裤也不争气地开裆了，从前到后，成了标准的开裆裤。

天已经渐渐地黑了下来，除了远处的汽车声和旁边的人家房间里的电视声，这个世界像死了一样的安静。

我孤独地蹲在这个角落里，想和黑暗融为一体。

我想了很多，从我毕业后开始，到上班，恋爱，结交朋友，认识晓云，陈凯的死，陈英的死，到另一个晓云的出现。

我知道，这一切都与我无关了。

我在以前可能永远也不会想到会变成今天这样的一个人，独自面对着我未来可能无法想象的痛苦的生活。也许，明天我就会死掉，然后登上报纸或者毫无声息地失踪了，谁都不会记得我，甚至连我父母也可能受到牵连。

我不知道为什么会走到今天这样的境地，就是因为我发现的那个斑吗？如果我忘了这个斑，不去用刀子刺它，可能我还是平静地生活着。

谁都不能怪，只能怪我自己，都是我给自己找的事。

我眼睛发红，鼻子发酸，很难过，我把头深深地埋在两腿间，哽咽着。

算了，面对吧，我所知道的也许只是冰山的一角而已，这种非人的势力,我唯一能做的就是想办法活下去,能多活一天就是一天吧。

我承认我曾经非常害怕死亡，但是到现在这种局面，这种死亡就站在你身边，随时会要你的性命的时候，反而不这么害怕了。

在这里待了不久，我起身开始了我的逃亡生涯。

我决定离开燕北。

我分辨了一下方位和我所在的地方，应该是在城乡接合部一带，我可以选择到燕北站去，和民工混在一起，逃出燕北。

就这样摸清了方位，向燕北站走过去。

经过了几个大的路口，一切都很正常，而且我并不害怕警察，因为我相信警察和这件事情毫无关系。只是我这个狼狈的样子，警察注意到我的话，让我去派出所里待着，以这些蓝制服的神通广大，一定能很快地找到我。

燕北这个城市似乎已经太先进了，我直到快接近燕北站的时候，才终于发现了一个有水的花坛里的水管，把自己清洗了一下。可悲的是，也许是晚上的原因，我一条裤子都没有偷到。

于是就穿着这条开裆裤，来到了燕北站。

燕北站在晚上还是异常的热闹，巨大的音箱发出的甜美的广播声，把我拉回到这个现实社会。

我身上没有钱，什么都没有。我这样可能连混进火车站都难。

因为裤子开裆，总觉得我只穿了一条内裤一样，见到人看我都会有些不好意思。

不过，我在广场和民工混在一起的时候，我发现有人看我的眼神似乎不对了，但是我不知道是谁，只知道是一大群人来人往的人中有人在打量我。

渐渐地，我发现我周围的气氛不太对劲，前后左右看了一下，觉得开始有人在向我靠拢，杀气，是一种强烈的杀气。

我站了起来，很快，我发现已经有人在向我跑了过来，我拨开前面的人，加快了脚步。后面的脚步声更快了，对，一定是他们!

我跑了起来，将一些人撞得前仰后合，开始有人嚷嚷："抓住他！抓住他！"并且这声音越来越多，最后整个广场响起了刺耳的吱吱声!

半个广场的人似乎活动了起来，越来越多的人站起来向我追过来，我忘了从什么地方抓起了一根很短的扁担一样的棒子，挥舞着，击中了几个从前面过来的人，那几个人明显的民工打扮，但是那眼神已经超出了民工的眼神。

我的运动裤和上衣被撕开了，最后运动裤不知道什么时候只有半个裤腿了，于是我变成了一个真正只穿着内裤的人。我怒吼着，眼前发红，手中的棒子飞速地舞动着，只要是挡着我前进的人，我都会无情地给上一棒。

我向入口冲去，正好赶上旅客进站，黑漆漆的一片人头，我几乎是从人头上面爬过去的。这些进站的人尽管大声地抱怨，却阻挡了后面的人接近我的脚步。当我冲进站内的时候，回头一看，你绝对不会相信——半个火车站广场的人都冲向了这里，密密麻麻的，像潮水一样多的人。

警察是多么的可爱呀，他们冲着我吆喝着，但是没有冲过来，只是跟着我跑着。我大声地边跑边吼叫着："让开，滚开！"

这绝对会是一个壮观的景象，一个穿内裤的半裸的人，后面几乎有几百个或者是几千人追赶着，形成了一个巨大的三角箭头。

我在击倒了一个无辜的警察之后，冲上了站台，并跳下火车道，向一辆不知道是进站还是出站的货车跑去。火车站巨大的喇叭诡异地吼叫着："有手持武器的半裸神经病闯入，所有乘警保安，发现请立即击毙！重复一遍，有手持……"

妈的！我向天怒骂着。

八 无法摆脱的巨大神秘组织

我抓住了这辆货车的把手，迅速地翻了上去，这是一辆运煤的车，但是车厢是空的，里面有一层厚厚的煤屑。我只是打了两个滚，汗水和着煤屑就已经将我完全变成了一个黑人。

车厢两边有人在呼喊着："在火车上！"并听到有人哐啷哐啷地和我一样抓着车厢外壁往上攀爬。

我在车厢里冲了两步，从这个车厢边缘上跳跃到另外一个车厢中，同样是煤车，这下我自己都能感觉到全身上下没有一个地方不是煤屑了。

“在前面！”有人吼着，并从旁边接近我这节车厢。

我持续着翻越了好几个车厢，这个时候火车发出长长的一声汽笛，速度正在逐步地加快。

我的身后，是一个个和我一样漆黑的人在追赶着我，在昏黄的灯光照射下，十几个幽灵一样的黑影。

火车启动了，正在开出车站，没有爬上车的人已经不太可能了。

火车拉着汽笛，飞驰而去。

大家也许还在考虑着我跟着这辆火车去了哪里，和我一样在火车上追逐的人是否抓到了我。

但是我告诉大家，我并没有在这辆火车上，我从车上跳了下来，在他们在火车上追逐我的时候。不知道是因为黑暗，还是我本身已经是一团黑，我在跳跃车厢的时候，并没有跳过去，而是跳到了两节车厢之间，趁着火车速度还不快的时候，跳下了车，躲在了一个似乎是用来注水的水泥坑里面。大家应该见过火车站里面铁轨旁边有能够拖出皮管子的方形的坑吧。我就躲在那里。

我本身就是黑色的，加上这个坑也是黑乎乎的。也许很幸运地躲过了他们的追捕吧。

静静地待了很久，直到身边再没有一丝一毫的人的声音，我才从这个坑里面爬出来,趁着夜色的掩护,终于在没有人发现的情况下,登上了另外一辆出站的火车。好笑的是，仍然是一辆煤车，看来燕北的确很缺煤，离开燕北的全部都是空的煤车。

我蜷缩在角落里，和黑夜混成了一体。在火车的晃动中，我睡着了，很安静地睡着了。没有做梦。

等醒过来的时候，火车正停在一个不知名的地方，天还是黑漆漆的，所以我并不知道我到底经过了多长时间，现在是几点。

这是一个非常破烂的小站，除了几盏昏黄的站台灯光外，几乎看不到什么人的影子。我也不知道这是哪里，慌不择路地一溜烟窜到了铁道旁边的田地里面，向着前方不远的灯光处跑去。

如果我没有记错的话，这个地方叫和尧庄，这还是在路边的一块烂牌子上扫了一眼才知道的。这个地方和大多数我见过的小地方一样，除了几盏高悬着的小灯外，一片漆黑，偶然能看到有的房子门口亮着一个也许是路灯的东西。

我没有敢沿大路走进去，而是沿着小路往里面绕。小地方就是小地方，我很容易地就发现了一条看上去不错的运动裤，和几件皱巴巴的衬衣与外衣，而且还有一条很新的内裤。

尽管我被狂吠的土狗吓了一大跳，但是最终我还是得逞了。小地方就是好,我也很快找到了一个水管,凉飕飕地将自己洗了个干净。穿好衣服以后,我终于可以稍微显得正常一点,走进了这个小村庄内。

这个时候，天已经微微有点发白了。

没有走多远，就看到迎面有两辆自行车骑过来，我躲了他们一下，但是他们还是用非常惊讶的眼神看着我。骑过去了还在不断地回头看我。这应该是早起做什么事情的勤快人吧。

我在两个房子之间的一个小方石上坐了一会儿，一直等到天亮了起来，街上人稍微多了一点，我才起身。这个时候，我觉得饿了，肚子咕咕地响，口水直流。

已经有些店面在经营早点，包子的香味如同一根绳索，把我牵引了过去。我就站在门口，眼睛直勾勾地看着那笼包子，一个劲地吞口水。没有钱是万万不行的啊，我除了小时候有点记忆没有钱花，其他时候我都是在想如何去花钱，这种一穷二白的情况，我除了吞口水以外，也没有其他更好的办法了。

本来想着只要包子一出笼，我抢了就跑，但是让我当着那个五十多岁的大妈的面动手去抢，真是一件很难的事情。

包子终于出笼了，很快有人一笼一笼地买了去，我本来是个城里人，向来不是很看得起那些穿着土里土气的乡下人，但是现在，我被他们鄙夷的眼光扫来扫去，我明白这就是一个穷光蛋永远受歧视的社会。算了，走吧。

那个大妈看我一直这样站着，并准备要离开的时候，喊住了我。

“哎，那个小伙子。”

这个声音真是如同观音菩萨的声音啊。我一回头，眼巴巴地看着她，指着自己的鼻子说：“是叫我吗，大妈？”

“对，你来一下。”我才不管她是不是蓝制服的人，应了一声，像个乖孙子一样点头哈腰地快步走上去。

“你是哪里人啊？怎么了？”

“我是燕……”正打算说是燕北人，觉得不对，改口为，“我是北……方人。”大妈哈哈一笑：“大家都是北方人啊。是不是饿了？”

我玩命地点着头，比拿到红包向该死的吴老板点头还快。

“我知道饿的滋味。小伙子，看着你眉清目秀的，像是个文化人，怎么看着这么狼狈啊。”说着，将一笼包子倒进塑料袋里。

我眼睛就一直盯着包子，口里支吾着：“是，是啊。”

大妈叹了口气，把包子递给我：“慢点吃。”

“谢谢大妈。”我都忘了我怎么把包子掏出来的，眨眼之间就吃光了，估计大妈都看傻了。

真的，我觉得这是我活到现在吃的最好吃的一次东西。就是包子。而且，我也是第一次感觉到这么饥饿！饿的感觉真的非常不好受，听说有人饿得厉害而叛变了，我觉得这种情况下，蓝制服们把我抓走了我也愿意。

包子还没有完全咽下，我忙不迭地向大妈表示着感谢。

离开了大妈，我终于摆脱了那种为了吃口东西似乎不顾一切的想法。自己脸上觉得一阵阵的燥热，真丢脸啊，我现在和个乞丐有什么区别？

在这个镇子里面晃了两圈，走进去了，才发现这个镇子没有我想象的那么小，有两条街看着有点人气，有些五花八门的店铺都正在陆续地开张。大家都平静地忙碌着。

只有我是个和这个社会格格不入的人。我看到了一个网吧，下意识地想往里面进，想发个邮件，走近两步才意识到我身无分文。

不过我还是厚着脸皮，傻乎乎地靠近门口，往里面张望着。几个明显就是小孩子上了一个通宵的人在那兴奋地互相招呼着，一看就知道是CS。

我走进去，对着一个老板模样的睡眼蒙眬的年轻人招呼着：“老板，能让我上一会儿吗？就一会儿。”那年轻人头也没抬：“押金五块。”“不好意思啊，今天没带钱。我就上五分钟，行吗？”

“没钱不行。”这家伙还是头也没抬，估计碰到我这种无赖也不少了。

“老板，改天我付你双倍的，不，十倍的。”

这年轻人抬起头看看我，一看我三十岁左右，犹豫了一下，说：“那台，五分钟啊。”

我大声地说着谢谢您啊！

人穷了真是一点志气都没有。

为什么我要上网？是因为我想从我的网上的记事本里面找几个朋友和亲戚的电话，以及我的银行卡号，并想发两封邮件给我的朋友，说说我现在的情况，看他们能不能给我寄点钱。我正写着邮件，回头找老板问道：“老板，麻烦你能不能把你的银行卡账号告诉我？”

那老板一惊：“干什么？”

“是这样，我叫我朋友给我汇五千块钱到你的卡上。其中两千元我给你。”

“什么……你别逗我呀。”这个年轻人估计没有想到会有这么好的事情。

“是真的，我说了对你绝对没有损失。请相信我。”

这个年轻人半信半疑地掏出他的农行的卡，念道：“453……”

我飞快地记下来，问道：“能给我一支笔吗？”

“好，好。”估计这个年轻人觉得天上掉金蛋了。

“麻烦给我一张纸。”

“好，好。”

有钱就是能够让鬼推磨。

我记下了我需要的电话后，将笔还给他，并告诉他：“中午的时候我回来一下，麻烦你看看你卡上有没有钱。你觉得方便，给我一千也行。”

“好，好。你不上了吗？”

“不上了，谢谢你啊。”

我起身走了，我写给邮件的是一个我相信他绝对会给我寄钱的兄弟王波，现在在崇明，前两年到崇明工作去了，是我的死党，而且他绝对有钱。今天上午他上班，应该就能看到我这封邮件。他一定会给我寄钱的。

我看了看网吧里的时间，七点整。我上网应该上了大约十分钟。

我走出网吧，突然觉得气氛不对，我看了一眼，发现是刚才给我吃包子的大妈带着两个个子很高的人向我走来，这两个人一看就不对劲，隔着很远，就透着一股子古怪的味道。

我看到大妈向我指着，应该是说：“就是他。”我立刻就明白，我被发现了。这两个高个子就立即向我跑来，速度很快，真的很快，我觉得几乎是在飞一样。

“我X！”我骂道，同时也玩命地跑起来，整个脑袋里就是一句话："不该上网！！"我明白，我在网上的行为一定被监控了，哪怕只是我用了我的用户名和密码登录了我的邮箱，就被立即发现了，我是搞网络通信的，知道要做到这点并不是难事。但是这么快就能找到我，而且在十分钟内，这帮人就赶到了这里，而且，居然找到给我吃包子的大妈来带路！这就简直不可想象了！！

这是一个恐怖神秘而巨大的组织！

跑，我用尽全身的力气在奔跑，仍然感觉到后面的脚步声在逼近。

九 神勇的乡村警察大叔

这场追逐绝对是这个小镇早上最大的事件，小镇上的人立即在互相的喊叫声中跟着我们跑起来。对他们来说，能看到热闹，绝对满足了自己猎奇的心态和中国人爱看热闹的毛病。

我在狂奔了一百米后，被这两个人一左一右地按倒在地，一个人狠狠地踢了我一脚，疼得我龇牙咧嘴，全身动弹不得。我是碰上狠角色了，这两人绝对不同于以前的那些蓝制服。连把我按在地上的动作连贯性，也让我根本无法使出一点的力气来反抗。

我就被这样按着，脸贴着地，喘气激起的地上的尘土，呛得我异常的难受。我看到，在周围已经密密麻麻地围上了大人、小孩儿。

我的手被套上了一个很有韧性的带子，从背后捆绑着我。然后我被他们两个提了起来，这两个人穿着统一的灰色制服，有点像空军的那种别在皮带里面的形式。两个人很高大，都有一米八以上，平头，瘦削的脸孔，但是目光非常有神，手上的劲非常大，捏着我的胳膊，我感觉像被一只钳子夹着。

人群里开始有人窃窃私语，这两个人准备带着我快步地离开，刚把我拎出人群，就听到一声爆吼：“停下，你们是干什么的？”

我和所有人的目光都转向这个吼声的方向。一个略显臃肿的警察，穿着很不合体的警服，大盖帽歪着，还在喘着气，后面跟着两个不知道是保安还是民兵的小伙子，穿着过时的绿色的警服。

“你们是干什么的？”说着，这个乡村警察就挤了过来，和那两个灰制服怒目相向。

“我们是燕北来的……警察。”

“燕北警察！！我看怎么不像！”这个乡村警察咆哮着，“证件给我！！”

这两个灰制服可能没想到会碰到这么麻烦的事情，一下子也无可奈何。两个人彼此望了望，一个人说道：“不好意思，没带。”

“没带！没带就说自己是警察！嗯？”

一个灰制服说：“你知道我们是什么人吗？说话请注意。”

“注意什么？你当我没有和你们燕北的警察打过交道吗？你们把人给我放下！”

灰制服说："这个人很危险，不能放。"

我如同抓到救命稻草一样，使劲地挣扎着："他们不是警察，他们是黑社会！"

一个灰制服一个重拳打在我脑袋上，我顿时脑袋嗡嗡直响。

这个乡村警察吼着："我说了，你们把人放下，跟我到派出所去说！"

然后放出一句至今让我回味良久的话："这个地方，只有我能打人，其他人都不准打人！"

这个局面恐怕灰制服没有考虑到，会碰到这么麻烦的地方警察。

一个灰制服开始摸索自己的口袋。

那个乡村警察又吼道："干什么？你们不许动。"

一个灰制服摸出了一部不知道是手机还是什么东西的机器，冲乡村警察说："我打个电话。"

"不准打。"说着就上去扳那个灰制服的胳膊。

那个灰制服一使劲，把这个乡村警察推了一个趔趄。

后面那两个"保安"也马上跟上来开始推搡灰制服，灰制服的脸色非常难看，看得出来他们有火但是发不出来。

我心里暗喜，想这帮人十分钟就找到了我，应该有些工作做得并不是很到家，所以才会碰到这种麻烦。

我也撕心裂肺地号叫着："黑社会杀人啊！"

旁边的群众也动了起来，几个中年人明显地站在了本地警察的一边。这两个灰制服开始四拳难敌众手。我被广大的人民群众夺了回来。

这两个灰制服明显地暴怒了，他们两个为了把我抢回来，咚咚地击中了几个人的脸部，把他们打倒在地。没想到这越发地激怒了众人，特别是那个乡村警察，他的声音几乎全条街都听得到：“你们还敢打人！你们不想活了！”

一片混乱，本来拉着我的两个人也松开了我，加入那场斗殴之中。这场斗殴乡村警察胜利了，那两个灰制服拨开人群跑了，尽管乡村警察鼻子下面还挂着鲜血，但是他却得意地吼着：“有种别跑！”这两个灰制服当然不会再被他们追到。

谁也没有问我什么，我反而觉得我像个英雄一样，被一群人护送到当地的派出所。这个派出所很小很烂，说老实话，如果不是知道这是派出所，我恐怕从来没有想象过还有这么破烂的政府法制管理部门的衙门。

几个年轻人开始松我的绑，折腾了很久，甚至拿出了刀子，才把我手上的带子弄开，一个人嘀咕着：“这什么玩意。”我顺着一看，是一条发黄的很宽的牛皮筋一样的带子。

那个乡村警察过来了，明显鼻子被击中过，还能看到半边脸在发红，边走还边和他身边的一个打扮同样寒酸的警察愤怒地叨咕着什么。我被他们带到一个小房间，给了我一张凳子坐。墙上写着八个大字：坦白从宽，抗拒从严。

我相信我说的全部都是实话，不过估计那两个警察听得绝对是一头雾水。我讲了陈凯的死，陈英的死，晓云失踪了，我被他们追赶，我扒火车过来的，我叫什么名字，干什么的，住在哪里，燕北人，他们大概是什么身份，强调了他们可能是黑社会。

这两个警察满脸迷惑地互相看着，估计我这个故事太过复杂和离奇，他们听得一头雾水。一个警察用钢笔敲着桌子，问刚才那个“英勇”的乡村警察：“老王，你明白了吗？”老王照样一脸的问号：“不太明白。”

然后这个老王问我：“你觉得你精神是不是有点问题？”

“没有啊，长官，我说的句句都是事实。”

老王对另一个警察说：“老赵，我学历低，不太明白。你看要不你打个电话，让小陈他们过来一下？”

老赵“嗯”了一声，转身到外面打电话，过了一会儿进来说：“这样吧，小陈他们今天要开会，领导陪人去看东西去了。这个人先留一下吧。”

我嚷嚷着：“他们肯定还要来找我的。”

老王叫道：“我看他们敢来，我一枪崩了那个死蛋！”

老赵过来拍了拍老王：“这个事情好像不是那么简单。先关起来吧。”

老王应了一声，把我带到院子里面一个小房子里，挺客气地对我说：“你先在里面待着，中午叫你吃饭。”然后把门反锁了。

这个屋子挺亮的，有两扇大窗户直接能看到院子外面，不过外面加了铁栅栏。我在屋里唯一的一张硬板床上坐着，总觉得不太踏实，生怕门一开又是蓝制服的人。不过，一会儿一个年轻人开门进来了，给我一个本子和一支圆珠笔，让我把我能想到的东西全部写在这个本子上。我就开始写，写了个没完没了，觉得像写小说似的。

大概到了中午的时候，我被外面嘈杂的嚷嚷声打断了思路，那个老王巨大的嗓门清楚地从门缝中穿了进来：“奶奶的，有本事你再走一步。”然后一群本地人开始叫骂着什么，看来门口似乎发生了什么事情，有一群人好像在和他们发生什么冲突。

蓝制服，我第一感觉就是蓝制服他们。那叫喊声越来越响，也越来越混乱，而且越来越近。

我再也坐不住了，把窗户打开，开始用劲地去摇那个铁栅栏，微微有一点晃动，我用脚使劲地踹了几脚，发出巨大的哐哐的声音。换平时，这些警察一定能听得到，不过外面的混乱根本不可能让他们注意到我屋里的情况。

这个铁栅栏不争气地被我踢掉了，我正要翻出去，门一下子开了，一个满脸都是惊恐的年轻“保安”闯了进来。我正在窗户上，他看到我，两人都一愣。没想到他说：“兄弟，你快走吧，保重。”然后把门又哐的一声带上了。外面的打斗和吵闹声也越来越大。

我跳下窗户，慌不择路地逃窜着，奔出了不知道多远，听到后面嘭嘭嘭的枪响。我低下头，眼眶发红，低低地喊着：“兄弟，保重，谢谢你们！”

我专门找低洼的沟沟坎坎的地方跑，很快就出了这个镇子，钻进了一片小山包一样的乱石岗。我正坐下来喘口气，觉得头顶不对，抬头一看，天空中有三个灰点向小镇那里落了过去。我能够分辨到的是，那是三个在天空中飞行的东西。

是的，我相信我绝对没有看错，是三个在天空中飞行的物体。三个物体，在飞行，而且无声无息的。

我再也没有想什么，又像一条丧家之犬一样，向着我不知道的地方飞奔而去。

十 我是一个乞丐

直到再次停下来，我都没有敢回头望，只是一味地挑着小路奔跑着。身后如同跟随着巨大的阴影，时时刻刻就在我的脚下。

我知道我必须断绝和外界的一切电子化的联系，也就是说我不能打电话，不能上网，不能在显眼的公共场所出现，甚至于我的相貌最好也不要让人看得很清楚。

于是，我掏出原先记录的电话号码，撕个粉碎，以断绝我的侥幸心理。

我变成了一个乞丐，一个彻头彻尾的乞丐。因为在逃亡的日子里，我走过的地方都是布满了污垢，我也没有精力去梳洗自己。

我又臭又脏，满脸胡须，头发打结，衣服上布满了污垢。只有我的眼神，还是清澈而坚定的，我必须要找到一个地方，我能够生存下来的地方。

这个地方在哪里，我在相当长的时间内并没有答案，只是知道能活一天就算一天。

我低着头，穿着一路上捡来的破衣服、烂鞋子。

叮叮当当地穿越了一个又一个乡村、集镇和城市。

我没有再找任何人乞讨什么食物，我低着头，在餐馆后面的巷子里和饥饿的猫狗争抢着食物，以发现一瓶还没有喝完的纯净水为最大的幸福。

开始时，我很不习惯，甚至觉得我很可怕，但是在几次饥饿的折磨之后，我开始接受我的这种生活。人的尊严只要丢掉一次，就会一直丢掉，而且我是为了生存才迫不得已这样，我有技术有知识，只要好好地打扮一下，以我的能力，我绝对相信能够在一些小城市的科技公司轻松地混上绝对体面的工作。但是，我不能这么做，只要我抛头露面，就会被蓝制服他们发现。

到了我自己都完全相信我是一个乞丐的时候，很多时候我突然觉得很快乐，如果没有那些追踪者的事情，我静静地躺在桥洞里面，看着天上的星星，经常能够看到流星。我能够在吃了一顿剩饭之后，在一个草坑里面美美地晒着太阳而睡上一觉。一点干净的好吃的，都能让我幸福非常长的时间。

我觉得我变了，变得比以前开朗和乐观了，以前我总是为了工资里面为什么绩效工资没有给满而郁闷好几天。现在，我根本不会想这些，只是在某些时候，会想起我的爸爸妈妈和亲人朋友们，他们过得还好吗?

当然，我受到的欺负也很多。每个城市的乞丐似乎都是有组织的，有的乞丐看到我这个样子，根本都不屑于和我搭腔，而有些真正的乞丐，不是精神有问题就是彻彻底底的疯子。我被其他的乞丐殴打过，也被驱赶过。我第一不还手，第二不争论，你让我去哪里我就走，因为这些地方本来就不是我逗留的地方，没有必要惹上无谓的麻烦。

算一算时间，我从逃离那个镇子至今已经一个月了，这一个月里面，我变成了一个真正的乞丐。而且，再也没有发现有人在监视着我跟踪着我，谁会注意这个不知道是疯了还是傻了的乞丐呢?

不过，我的身体却没有因这种残酷环境的折磨而垮掉，反而我身上原本的赘肉都没有了，我的身体变得越来越结实，身上有用不完的劲，连发烧感冒都没有。如果旁边没有人，我会用跳跃的方式像猴子一样蹿到树上去，并灵敏地从这根树枝荡到另外一根树枝。也会在夜晚发疯一样地奔跑几圈，我的百米速度相当的惊人。

我给自己开玩笑，如果我跑到什么体育学校去，露上两手，估计教练会兴奋地把我当皇帝一样供养起来。见过跑得这么快的乞丐吗？他们肯定没有见过。

我在一个大城市逗留了下来，这个城市是三晋。我基本上白天都躲在某些洞穴或者不起眼的沟边上，只有晚上才像放飞的麻雀一样，快乐地在无人的大街上奔跑、翻垃圾桶、翻饭馆的后厨来寻找食物。

为什么我没有很快地离开这个城市？是因为我不知道应该往哪里去。打算在这个物质条件相对丰富一点的城市里先待一段时间，想好我以后该怎么办，再行动，因为就算走，也并不知道去哪里。我还能够捡到当天的报纸来看看新闻，不让自己变成和时间隔离的人。

而且，我有一种强烈的感觉，这个城市里面似乎有我的朋友。

要说一下，自从被追踪后，我再也没有做过梦，不知道怎么回事，以前的那种梦中断了。只是偶尔会在梦中感觉到一些低低的如虫子叫一样的声音，持续不了多长时间就会停止。

遇见她是在一个大雨天。

由于白天的大雨和最近的“收成”不是很好，我只好在晚上顶着大雨出去寻找食物。

在一条我并不是很熟悉的小巷里面，我发现了一个宝藏，似乎是超市淘汰的过期食品。我正在疯狂地翻动的时候，我觉得旁边的角落里面，有一双惊恐的眼睛正瞪着我。

我稍微警惕了一下，很快就放松下来，是另外一个乞丐。我也恶狠狠地瞪了这个乞丐一眼，因为这种乞丐既然没有敢扑过来，就一定是一个比我更软弱的乞丐。

我在那个大垃圾桶里面翻了半天，找到了不少好东西，还有很粗的火腿肠。装了满满一袋子，正打算离开的时候，我发现垃圾桶后面还有一个纸盒子，我拿起来一看，是巧克力和糖果，还有很漂亮的小玩具。我正打算把巧克力装进口袋，就听到“嗷”的一声尖叫，那个角落中的人影扑了过来，死死地抓住我。

我甩了甩身子，这个瘦小的人立即被甩开了，扑通一下摔在雨地里面，但马上就站起来，又朝我扑了过来。正面把我抱住，一只手拼命拉我的手，口里含含糊糊地喊着：“还给我，还给我。”

这是一个听起来很年轻稚嫩的女子的声音，不过很沙哑，像是感冒了。我才不管这些，对她吼道：“还你什么啊。”然后又把她甩开了。

她第三次朝我冲过来，似乎用尽了全身的力气，以至于身体都在颤抖着：“求求你，还给我。求求你。”

我把手举高，我手中拿着的是一个很可爱的小熊橡皮。“你是不是要这个？”我把这个橡皮从手心中挤了出来。“是，是，还给我。”

“给你，给你。”我把手往下一伸，她一把就抢了过去。

然后放开我，又去抢那个纸盒子。

我也没有客气，一把把她衣服拉住，拉得她前进不得。她开始呜呜地哭：“放开我，放开我，你这个坏蛋。坏蛋。”

坏蛋，我是个坏蛋吗？我手一松，她冲上去把那个纸盒子抱在怀里，又躲到旁边的角落去了，一双眼睛盯着我。

我待在那里，低着头站着，我是个坏蛋吗？好像我的确是个坏蛋。一群坏蛋在追赶着我，想要我的命，可是现在我似乎也真的是个坏蛋。我把我装起来的巧克力拿出来，放在垃圾桶后面。

看了那个角落里的人影一眼，转过身去就要走。

那个小乞丐突然低低地叫了我一声："哎……你。"

我回过头，这个小家伙从黑影中探出头来，在灯光的照耀下，眼睛很清澈。

我也不知道怎么回事，走回去，在她身边坐下，什么都没有说，只是呆呆地望着地面。

很久，她用手捅捅我："大哥。"

我转头一看，她将她手上的一块巧克力递给了我。我并没有接过来，还是沉默着。我突然很悲伤，不知道为什么，她在我旁边，我觉得很安全，一种伙伴的感觉。

突然雨转了个方向，向我扑面而来，这个小丫头说："你不冷吗？"

我哭了，把头埋在两腿之间哭了。这是我流亡这么久，第一次哭出声来，我的情感一下子毫无保留地宣泄了出来。

这个丫头就静静地待在我的旁边，将她的一块塑料布盖在我头上。很长时间，我们两个什么都没有说。

直到雨小了下来。

我的脸上不知道是泪水还是雨水，反正我擦擦脸，很不好意思地对这个丫头说："谢谢啊。"

这个丫头的声音很清脆："大哥，我觉得你很眼熟，但是并没有见过你。"

"哦，是。"我想乞丐大概都是一个样子。

“大哥，你也没有疯是吗？”

“是，我很正常。”

我转头看着这个丫头，她的眼睛亮亮的。

“你呢？一个人？”我问她。

“是的，我一个人，我来这个城市三个多月了。”

“我刚来没多久。”

“大哥，我说话你别笑话我，我觉得，你是个好人。”

“是啊，是啊。”我破涕为笑。

“你是燕北人吗？”

“是的。你呢？”

“我忘了。我忘了我是哪里的人。”这个丫头说完就沉默了。

我看着她，觉得她很可爱，但是她为什么和我一样，是一个乞丐？

“你叫什么？”我问她。

“也忘了。大家都叫我‘喂，臭要饭的’。”

“呵呵。哈哈……”我伸出手去，拍了拍她的头。

她也跟着我笑了起来。

这是雨夜里的两个乞丐之间的浪漫情调。尽管是城市中一个不起眼的角落，却充满了温馨。仿佛一道橙黄色的温暖的灯光照耀着这个小角落，衣装褴褛的两个陌生的人，尽管外面下着密密的大雨，但是只要就这样挤在一起，已经足够温暖而幸福了。

十一　两个乞丐的家

丫头带我去了她的“家”，一间低矮得像鸡窝一样的废弃的平房，一进门就是乱糟糟的，但是走进去的另一间屋子却显得很干净。外面路灯的光洒进来，也显得格外的世外桃源。

“呵呵，你能找到这么好的地方？”

“我聪明啊，黎明哥。”我给自己起了个名字叫黎明，就跟香港那个明星一样。而且我也给她起了个名字，叫雨巧，因为是我在下雨天的时候巧遇了她。她很喜欢，一路上蹦蹦跳跳的，说自己有名字了。

雨巧到屋里把自己脏兮兮的像雨衣一样的外套脱下来，又摘掉了她的烂帽子，齐耳的短发乱糟糟的。雨巧掏出一块小毛巾，把自己的脸擦了一下，用手把头发梳理了一下，转过来冲着我笑。

雨巧真的很漂亮，看上去也就十七八岁的样子，下巴尖尖的，眼睛大大的，有漂亮而坚挺的鼻子。如果在平时，我一定会认为她只是一个高中生。她的脸上有几条很长的伤痕，似乎是尖利的物品割伤的，脸颊尽管非常的消瘦，但是看着还是非常健康的。

我看着，呆了。我绝对不承认"当兵三年，母猪赛貂蝉"这句话，我还没有到这种程度。雨巧真的是一个很漂亮很乖巧的女孩子。

雨巧脸红了，低下了头，低声说："很丑吗？"

"不是，不是！"我赶紧说着。

然后，在雨巧的强烈建议下，我也擦了擦脸，并用她的剪刀把我乱七八糟的胡子剪得差不多。雨巧用一个耙子一样的铁梳子，把我的头发梳起来，然后站在一步开外打量着我："嗨！没想到你是个帅哥！"

我哈哈地笑着，的确我并不丑，晓云能看上我也绝对是因为我长得不丑。我一米七七的身高，尽管以前脸上有些发胖，但是这段时间，脸颊应该恢复到我大学时代的样子，应该值得女孩子看上两眼的。

我笑着说："真的帅吗？不过你更好看。"

雨巧就红着脸笑着躲开了我的目光，然后我们两个对坐在雨巧屋里的两个破箱子上面。

我们两个沉默了一会儿。

我突然说："怎么，你不怕我吗？"

"不怕。我一直害怕所有的人，但是不知道为什么，看到你一点都不害怕。"

"为什么呢？"

"我也不知道，我只记得我这三个月的事情。这三个月，我见了任何人都非常害怕，我拼命地躲着他们。"

"哦！所以你变成了乞丐？"

"是啊，我也没有别的办法，只能变成这样。"

"哈哈，你还真聪明。"

"我本来就很聪明嘛，我知道什么地方能搞到好吃的、好玩的。呵呵，怎么躲警察，怎么不受欺负。"

"那比我强多了！"

"那你呢，你怎么也变成这个样子？你一定是个正常人，别的乞丐可没有你这样的。"

"我……"我笑了一下，真不知道如何讲这个故事。

我说："那我跟你说，你不要和别人说哦。"

"不会说的，我发誓！"

我低着头，把我的这段故事简要地讲给了雨巧，不过我把故事改编了一下，说陈凯得罪了黑社会，牵连到了我，因为我知道陈凯是他们杀死的，所以黑社会的人一直在追杀我。我只字不提我曾经有过的那个斑。

雨巧听得很入神，她问我："那些黑社会的人呢？"

"现在找不到我了，应该是因为我这个样子，他们一下子找不到我。"

"你真厉害，黎明哥。"

"哪里呀，就是为了活着。"

"到底为什么他们一定要你死呢？黑社会不是天不怕地不怕吗？"

我脱口而出："因为那个斑……""斑"字刚一出口，我就后悔了。这个斑害死了这么多人，把我现在也弄成这样，我不应该说出这个字。

雨巧马上接过去说："斑，什么斑？"

我喘了喘气，咬咬牙，说："因为我背上的斑。"

"背上的斑？"

"对，背上一个蓝色的斑。"

"蓝色……的……斑……背上……"雨巧的口气变了，那几个字从她嘴里说出来犹如在风暴中摇曳的小船！！

雨巧低下头，很快，她的身体异样地扭动了起来，她抱着自己的头，喊着："不要，不要！我害怕，我害怕！"

我吓了一大跳，马上站起来扶着雨巧的肩膀："雨巧，你怎么了？你怎么了？你不要这样，你吓着黎明哥了！！"

雨巧站起来，疯狂地挣脱了我，向门外冲了出去。

"雨巧！"我大吼着，追了出来。

雨巧纤细的背影在雨中是那么无助，她没有跑几步就摔倒了。

我赶过去，雨巧已经昏迷了。

我把雨巧抱进屋里。她全身都是水，我只好翻出几条比较干净的毛巾。把她衣服一点一点地脱掉。

我心里默念着："原谅我雨巧，我必须把你擦干，要不你会生病的。"

在脱掉上衣的时候，我闭上了眼睛，雨巧的胸部应该发育得很好，尽管不是很大，但是轻轻地触碰，非常有弹性。但是在我扶着她赤裸的后背的时候，我摸到了一样东西。

是一道巨大的伤痕。我把雨巧放趴下来，她的整个背对着我。这是道多么巨大的伤痕啊。从左到右，从上到下，形成一个巨大的十字架。从伤口的大小来看，应该是从身体里面取出了什么东西。

我摸着这道伤痕，后脑的青筋也开始剧烈地跳动起来！！

雨巧，她是和我一样曾经有过蓝色的斑的人！我的大脑告诉我，没有错，她就是和我一样的人。怪不得我觉得她很安全，好像我的伙伴。

我看不下去了，我用雨巧干净的衣服给她盖着，帮她把衣服穿上。然后又去擦下身。当我把她内裤脱掉的时候，我看到她的大腿内侧也有几道深深的伤痕，她的阴部上方，似乎也被什么东西撞击过，留下了好几个撕裂似的伤痕。

我再也忍不住，眼泪汹涌澎湃地流出眼眶："畜生！"我咒骂着，几乎呼吸中也喷出火焰出来，如果我有上帝的力量，我一定要让他们不得好死，打入十八层地狱永不翻身！

雨巧接下来的几天都是昏迷的状态，看来她受了相当大的刺激。

我把我桥洞底下的安乐窝搬迁了过来，照顾雨巧。

为了雨巧，之后的两天我被打了三次，都是为了抢夺食物，一次是被一个乞丐团伙，另一次是被食品店的年轻人，还有一次是水果摊上的老板。我一点都不后悔，因为我最终得手了。我把这些吃的捣碎，和着水给雨巧灌下去。

对于现在的我来说，雨巧的生命比我的更加重要。我一定要让她活过来。

整个夜里，雨巧都会做噩梦一样挣扎着，我的脸上也被她抓伤了好几道，但是我一点都不怨她。

雨巧终于醒了，她睁开眼睛的第一句话就是对着我说："黎明哥，你受伤了。"是的，我的脸被人用大头皮鞋踢肿了，嘴角也裂了一条大口子，脸上还挂着雨巧的彩。

不过，我高兴得眼泪直流，拍着雨巧的胳膊说："没事，没事！哥和野狗打了架。"

雨巧哭了："黎明哥，你还要我吗？"

"要，当然要，你是黎明哥的心肝宝贝。一辈子黎明哥都不会离开你。"我把雨巧扶起来抱在怀里，她瘦弱的身体没有一点力气地靠在我的胸膛，"雨巧，你醒了就好，我好担心。"

"黎明哥，我没事了。我能很快好起来的。"

"嗯！黎明哥会照顾你的，你安心地躺着啊。"

接下来的日子里，天是格外的蓝，一切似乎都那么美好。

雨巧在一天天地恢复，开始露出了她灿烂的笑容。似乎以前的一切，她又都忘得干干净净了。她像一只小黄雀一样，在我回来的时候从我背后蹦出来，勾着我的脖子让我背她。

那是我一生中最快乐的日子，尽管一切都很艰苦，但是每次我看到那个温暖的小窝，所有的委屈、艰苦、恐怖、担心都忘掉了。那个小窝里面，有我的雨巧在等我。

我知道我爱上了雨巧，真正的爱，是会让对方成为自己身体的一个组成部分。她就是我的生命，我可以为她生为她死。以前我不懂得爱是什么，但是现在我懂得了。

雨巧也应该爱上了我，她总是偎依在我的身边，紧紧地盯着我，好像生怕我从她的眼中消失了一样。睡觉的时候，也紧紧地捏着我的衣服，好几次我从睡梦中醒过来，都看到雨巧亮亮的眼睛冲着我眨呀眨。我也总是把她的鼻子揪一下，让她快点睡觉。她有时候会说："我如果睡着了，你不见了怎么办？"我总是心头一阵发酸，安慰她说："我一定会在你睡醒睁开眼睛的时候在你身边的。"

所以，我从来不在雨巧睡觉的时候出去，因为我担心她会害怕醒来的时候看不到我。

很快，我和雨巧能够一起出门找吃的了。她如同一只欢快的鸟儿，总是让我看这里看那里。我们一起去公园边的草地上散步，尽管我们进不去，但是一样很开心。我们也一起去看星星，看日出，看 KFC 里面的人吃冰淇淋，就像我们自己吃了一样。我总是问她："想吃吗？"她一定告诉我："我刚才吃过了哦！你看我眼睛里不是有吗？”

我是一个男人，为了我的女人，我开始有了让雨巧生活得更好一点的动力，我不仅为了温饱而费脑筋，而且开始收拾一些垃圾，卖一点点钱。终于有一天我给雨巧买了一个真正的毛绒玩具。雨巧看着这个玩具，真的开心极了，她很小心地把这个小狗熊放在屋里最干净的地方，而且每次都是在外面把手洗得干干净净才去摸这个小狗熊，而且不敢抱在身上，因为她身上的衣服有点脏。

我很想给雨巧买一个 KFC 里的冰淇淋，但是一直没有勇气走进去，因为我还是一个乞丐的样子。

有一天晚上，雨巧专门让我把自己洗得干净点，而她自己也不知道用什么办法，让自己干干净净地回来了，还洗了头，雨巧看上去非常的漂亮。

那天晚上，雨巧赤裸裸地趴在我的身上，把她给了我。

我很小心很小心地进入雨巧的体内，雨巧小声地呻吟着，脸上洋溢着幸福的光。我只要有雨巧，其他的女人对我来说都是狗屎一堆而已！想到以前和假晓云的做爱，我都觉得一阵阵的恶心。

我们做了十几次，直到不能再继续下去。雨巧有点刻意地不让我触碰她的伤口，不过，我的眼神温柔地看着她，她才不在意她自己身体上的伤痕。

在这样一个简陋、破烂甚至有些古怪味道的小房子里面，我们两个如此的幸福着，仿佛这个世界只有我们两个人。

雨巧问我：“我是你的女人吗？”我说：“是的，你是我的女人。”

雨巧又问我："那你是我的男人吗？"我说："是的，我是你的老公。"雨巧就会甜甜地笑着："那我是你的老婆哦！"这样的对话，百说不腻。

我也很谨慎地了解着雨巧的情况，她应该是某种失忆，三个多月前她发现自己躺在一条没有人的马路边，身上有巨大的伤口，但是她却什么都不记得了。但是雨巧的知识并没有丢，从我的判断来看，她应该是一个大学生，受过良好的家庭和学校的教育。她有时候会莫名其妙地说出一些诗，说是她脑袋里面本来就有的，只是随口念出来而已。但是她非常害怕陌生人，不管是慈眉善目的大妈还是一岁的婴儿。到底为什么害怕她也说不出来，她只是说觉得他们都是某种可怕的动物。如果是这样，雨巧估计无法面对正常的社会和人际交往。

不过，如果我在，她的胆子就会大很多，我总是在想，如果我是一个正常的人，我一定会让雨巧过上非常美好的生活。不过我不敢这样，因为如果被蓝制服抓到，我都不敢想象雨巧她又将如何。每次想到这里，我的心里都会一阵绞痛。

有一天，我对雨巧说，我们离开这个城市吧，我们去找一个深山自己养活自己好不好。

雨巧想都没有想就答应了，而且她说："到山里去，我给你生十个孩子好不好，那样一定会很热闹。"

在留恋了我们那个小窝很久后，我和雨巧踏上了新的逃亡道路。前面是什么我们不知道，但是，为了我的雨巧，雨巧也为了我，我们勇敢而坚定地踏上了寻找安宁生活的旅程。

十二 A医生出现了

我能想到的是人迹罕至的地方，在研究好路线后，我和雨巧向西北走去，那里有深山、戈壁滩，并且我也准备了一百元钱应付非常时候的需要。尽管都是零钱，雨巧还是非常仔细地把这些钱藏在自己的内衣里面。

我们这两个夫妻乞丐一路走来，尽量地在夜间走路，避开人多的地方，长期的乞丐生活，让我们总是能够找到一些残羹剩饭，填饱自己的肚子。尽管非常辛苦，但是并不觉得很累，因为我们总觉得希望就在前面。

我们在一个非常小的村落里面有幸买到了一支五毛钱的雪糕，雨巧尽管很馋，但是她一直让我吃。我每次只是用舌头舔一下，她就说我是个赖皮，最后雪糕化得差不多了，我们才珍惜地吃掉。

按照我带的一张烂地图，我们应该接近了西北。这个时候，雨巧发烧了。

雨巧身体一直很好，但是不知道是不是我们长期步行，又受了些凉，雨巧还是病了。我摸了摸她的额头，估计快烧到四十度了，滚烫滚烫的。雨巧不让我去找医生或者药，她担心我被黑社会认出来就糟了。尽管我安慰她这个地方很荒凉了，黑社会应该不会来这里。不过雨巧还是不让我去。直到她一天晚上烧得昏了过去。

这是一个叫不出名字的地方。我背了雨巧一个晚上，终于看到了一个小村庄。我把雨巧背到村边上放下，她靠在我肩膀上，眼睛半睁着，很无力。忽然，雨巧猛地睁大了眼睛，摇着我说："我好像看到了一个人。"我顺着一看，很远的地方有三个人走过去。我安慰她："放心，是村民啦。"雨巧却说："我认识他，我认识他！"我认为雨巧是烧糊涂了，只是不断地安慰她。这下雨巧像受了一些惊吓一样，嘴巴里尽管嘀嘀咕咕的，但是很快又昏迷了过去。

我必须给她看医生。

这个村庄很小，因为是清晨，看不到什么人。我有种不安的感觉，但是很快克服了。

我背着雨巧走了一段，终于看到一个破烂的画着红十字的房子。我跑上去敲了敲门，很快有一个十四五岁的小姑娘把门打开了。她看到我这个乞丐背着另一个乞丐，着实吃惊了不小。我忙不迭地问道：“请问，医生在吗？我爱人发高烧，能不能帮帮忙。”可能我说的一口标准的普通话和诚恳的眼神打动了她，她有点犹豫地看着我，还是把门全部打开，让我进去。

我跟在她后面进了对面的屋子，这个小姑娘叫道：“爹，有病人。”一个听上去有点苍老的声音从里屋传出来：“等一下。是谁家的病人啊？”这小姑娘看了我们一眼，应了一声：“陌生人。”“哦。”很快，一个个子不高，白发而且秃顶的老头从屋里钻了出来，和平时见到的农民并没有什么区别。他看了我们两个人的打扮，也是一愣。

我赶紧说：“大爷，我爱人发高烧，都昏迷两三次了。我们不是乞丐，我们有钱。”这老头也没有说什么，叫我把雨巧扶过来。老头先把了把雨巧的脉，又拿出听筒听了听，量了一下雨巧的体温，39.7 度。老头说：“这发烧应该有好几天了吧。”我说是。老头又问了我几句具体的情况，我都如实地说了。这老头打量了我一下：“你们两个看着不像乞丐啊，你是个有知识的人，是燕北人吗？”我回答是的。这老头站起来，嘱咐那个小姑娘去拿药，然后坐下来问我：“这姑娘身体好，发烧这么长时间还能挺得住，不简单啊。这是急性肠炎。还好，现在打两瓶吊针能缓过来。不过你们不要再乱吃东西……哦，要注意这些。”我一个劲地点头谢谢，问多少钱。这老头摆了摆手，说：“算了，我年轻的时候也乞讨过，这孩子她妈就是在乞讨的路上得肠炎，一直发高烧不退，最后死了。年轻人，我不知道你们受了什么委屈，要这么折腾自己，乞讨都是到繁华的地方去，你们怎么往我们这个地方来？”我叹口气，笑了笑：“一言难尽啊。大爷，谢谢你。”

过了一会儿，小姑娘拿着药过来了，我把雨巧扶到旁边的靠背椅上坐着，那小姑娘给雨巧挂上吊针，雨巧还嘀咕着：“我不要打针，不要打针。”我摸着雨巧的额头，轻声道：“雨巧乖，雨巧要乖哦，老公陪着你呢。”

这老头叹口气，说了句这可怜的孩子，转身到院子里面去了。

雨巧打针的时候，进来了几个人，看到我们也是一脸诧异，还好他们只是来拿药的，并没有多说什么。后来有一人似乎又返回来，在院子里面问那个老头什么。地方话说得比较快，我也没有听懂，大概是问我们的事情。

等到两瓶吊针要打完的时候，那老头问我们以后怎么办，这种针还需要打几天才能好。看到我一脸的苦笑，老头说：“我好人做到底，我这个小地方多少年没有来过外地人了，我看你也不是坏人，如果你愿意，你在这里住两天吧。这个病一定要治好才能走，不然发作起来性命也难保。”我看着雨巧，还有什么办法，只好答应了。

这个老头姓孙，他们一个村子的人都姓孙。村子不大，也就一百多户，离最近的县城有二十多公里。我和雨巧就住在孙老头家的偏房，里面全都是破铜烂铁，不过我稍微打扫了一下，看起来比我们在三晋的小窝要宽敞和整洁多了。

我还是第一次好好地洗了个澡，雨巧晚上也有了点劲，也在我的帮助下洗了一下。真的，逃亡的日子应该有三个月了，认识雨巧也有快两个月了，我还是第一次好好地洗了个没有人打扰的澡。胡子也刮了一下，但是为了保险，我还是留了一些，不过整个人应该精神多了。雨巧也梳理了一下，尽管还是很憔悴，但是整个人也出奇的漂亮。而且，老头儿也拿了几件可以换的衣服给我们。他见了我们大大地吃了一惊，张着嘴半天没有说话。

雨巧第二天打了针，看着精神好多了，她还是拉着我悄悄地说："我们还是走吧，我总觉得心里有点慌呢。"我安慰她好长时间，她才犹犹豫豫地答应下来。只要雨巧能好，就算我多担惊受怕一点也值得了。

孙老头中午拉着我和雨巧吃饭，问我们下一步到哪里去，我说还没有定，走到哪里就是哪里，最好是没有人烟的地方，我们两个想独自生活。孙老头"嗯"了两声，抬起头问我："如果你们两个没有地方去，是否能够就待在我家里呢？我无儿无女，那小姑娘也是我捡的，如果你们答应，我愿意认你们两个做我的义子义女，至少不用这样受罪。"

说老实话，我真的想一口就答应下来，这样安逸的生活是我做梦都向往的。但是，这个地方我觉得并不安全，毕竟是个一百多户的村子，就算再不发达，我们的消息也一定会传出去。到时候不只是我们，孙老头可能都有危险。所以我说："孙伯伯，你的好意我们心领了，但是……我们两个是苦命的人，注定要受苦受罪，我们只想找个安静的没有人的地方生活。"

“你们是不是犯了什么罪？”

“没有，我们……”我真是不知道如何继续说下去。

旁边一直害怕的雨巧突然冒出来一句：“我们有杀人罪。”

孙老头惊讶地打量了我们一下，并不相信雨巧说的话：“杀人罪？呵呵，你们两个能杀人，我老汉也能杀人了。你们不像杀人的，你们像被人追杀的吧！”

我手一抖，筷子几乎掉下来，也让孙老头看在眼里。

孙老头说：“呵呵，我老孙走南闯北，还是见过一些人的。你们两个，一看就是很有学问的人，说你们杀人，我绝对不信，但是你们的眉目之间，显然有很大的委屈事不敢说出来，瞒不过我老头儿的。”

我没有说话，和雨巧吃过饭，道了个谢，就回房间去了。

以后两天，孙老头还是拉着我们一起吃饭，也越发地关心我们，总是提是否愿意留下来，说到后来，雨巧一想到能够待在这里的事情就趴在我怀里哭。是的，雨巧才是最需要安宁的人。我的心疼得厉害，也想着管他三七二十一，在这里待下来算了，能过一天安稳日子就过一天。

雨巧好得很快，最后两针都不用打了，孙老头也认为没有什么问题了。我们打算当天就告辞，不过孙老头执意要留我们吃个中饭，我们也不好推辞。

正吃着，啪啪的有人敲门，也没等孙老头起身，门已经被推开了，三个穿着白大褂的人走了进来。打头的一个戴着一副眼镜，五十岁上下的样子，斯文秀气，后面两个则笑眯眯的，身材瘦削。紧跟着后面又进来一个人，和孙老头打了个招呼，孙老头一见，叫了声村长。这个村长才喘着气说："不好意思啊，这是市里面来村里扶贫的医生，带了不少药来。真是的，今天好事特别多。"后面的一个人看了我们一眼，笑眯眯地说："这是你的病人啊？"孙老头冷冷地看着他们，说是病人。我和雨巧两个没吭声，想赶快把自己碗里的粥扒拉完。雨巧看上去也很不正常，身子在发着抖。

另一个笑眯眯的人说："那姑娘看着脸色很不好啊，孙医生，我们能帮你看看吗？"孙老头略一犹豫，说道："他们已经好了，只是身子骨还有点弱，不打紧的，而且他们两个是我的远房亲戚，在这里住两天。"

村长赶快跑过来拍着孙老头说："你这个老东西，人家可是医药扶贫的人，你也不好好招待一下。"

孙老头"哼"了一声："哦，多少年没来过，怎么今天就来了？"

这人看着前面戴眼镜人的眼色，还是笑眯眯地说："是啊，是啊，都是我们的不好。"说完从身后提出一个药箱子，"孙医生，你看看这些药。"那个戴眼镜的也说话了："呵呵，小高你还不给人家孙医生递过去。"那叫小高的赶忙走上前去，看孙老头没动，村长只好笑着迎上来。

我已经吃完了，但是听到戴眼镜的说话，立即冒出了冷汗。如果我没有记错，这是我那个古怪的梦里面的A医生的声音，这个声音我一辈子都忘不了。是的，是A医生，绝对是他！他的声音尽管听起来很客气，但是如同死亡一样的冷。

我拉了拉雨巧，站起来就要走，雨巧这个时候好像吓傻了一样，一动都不敢动了。

那个应该就是A医生的眼镜说：“不要走嘛，一起聊两句。”我冷冷地说：“不用了。”整个院子的气氛僵到了极点，似乎连空气都不动了。

这个时候，连村长可能都觉得古怪，捧着那个箱子放下也不是，拿着也不是。孙老头望着他们几个，说：“朋友，你们不用装了，你们不是医生。”

话刚说完，孙老头一个跟头就倒在地上，紧接着村长也哐地一下摔倒了，然后是孙老头的姑娘，紧接着，我的背上一阵剧痛，似乎是什么东西刺入了我的体内，雨巧也一下子摔倒在地。我勉强还能站着，只看到边上的围墙上跳下来一个人，手中拿着一个金属的枪一样的东西。

我挣扎了两下，还是摔倒在地，不能说话，也不能动。雨巧正在看着我，她也和我一样，眼睛里满是泪水。

我的心疼得厉害，看着雨巧，眼泪也奔涌而出。

墙上跳下来的人拍拍衣服，呵呵笑了两下，对那个眼镜说：“5局的人费了这么大的精力，还赶不上冯处长一个人出面。”那个戴眼镜的A医生说：“少胡说。”但还是禁不住得意地笑了起来，“不过5局的人也的确有点过分了。”于是这几个人咯咯地笑了起来。

他身边的人问：“其他几个人怎么办？”A医生“哼”了一下：

“销毁吧。我们做事不要像5局的人做得那么麻烦。”于是那人掏出一个喇叭一样的东西，走近村长，那个村长明显还有意识，身体在地上扭动了两下，似乎也是听到了他们说的话。

这个笑眯眯的人走上去几步，对着村长的头扣动了扳机，可以听到一阵低低的振动声，一股蓝紫色的光从喇叭里喷出。那村长“哼”了一声，几秒钟内，整个脑袋就化成了一股灰黑色的粉末，身体抽动了几下，就不动了。那个人继续保持着这种射线，一会儿工夫，这个村长就在一小阵白烟中化成了地上的一堆人形的粉末。同样，孙老头和他的姑娘，也很快变成了一堆粉末。我在心中狂叫着：“操你们祖宗！”孙老头死了，那个可爱的孙老头就变成了一堆灰黑色的粉末！这群畜生！

那人又走近了雨巧，我的心犹如裂开了一样难受，雨巧这个时候也看着我，嘴巴轻轻地蠕动着，那眼神中似乎就只有一句话：“你快跑！”我奋力地挣扎着，但除了轻微的颤动之外，还是一动也不能动。我内心拼命地叫喊：“要死也死在一块儿！”

那人问了A医生一声：“这个女的好像是和这个李胜利一起的。”A医生冷冷地说：“销毁。”雨巧就这样看着我，好像带着笑容一样在和我告别，但是那眼神中又在呼喊着：“我爱你。”我也爱你啊，雨巧。雨巧流着泪闭上了眼睛。

那人将喇叭对准雨巧的头，嘻嘻地笑着，好像在准备用放大镜照死一只蚂蚁那么轻松，然后缓缓地扣动了扳机……

十三　杀人不眨眼

A 医生“哼”了一声，喊：“慢着。”那人抬起头来，很听话地把枪收了起来。

A 医生继续说道：“把这个女的扶起来我看看。”然后向我这边走过来。雨巧还是闭着眼睛，而我则拼命地想动弹一下。

A 医生把雨巧的脸扶正，仔细地端详了一下，雨巧也似乎睁开了眼睛，而后身上就开始抖动起来。

A 医生看了看我，吩咐道：“把她放下，趴着。”那人照着做了。A 医生又吩咐道：“把她衣服脱了。”那人很乐意地将雨巧的上衣整个地提到脖子处。雨巧的整个后背就袒露在这些人的面前。

“呵呵。”A 医生笑了起来，“你们两个果然混在一块儿了。”

那人也附和着：“我看也有点眼熟，是那个成熟体吗？”

“有点意思，这两个家伙怎么能碰到一起的，还真是一个有意思的课题。”A 医生站起来，似乎在沉思。

“您的意思是，先留着？”

“嗯。”A 医生点了点头又蹲下来，摸着雨巧后背的伤痕，又似乎很得意地看了我一眼，嘲笑似的对我说，“你还能捡到我曾经的宝贝。挺有本事啊。”

我明白了，雨巧身上的伤痕都是 A 医生这个魔鬼造成的！在我的脑海中似乎闪现出了 A 医生折磨雨巧的画面，亮闪闪的手术刀从雨巧的背后无情地刺入，然后拖动着，血顺着雪白的脊背流淌下来。

我在心里无数遍地狂呼着：“王八蛋！！王八蛋！！”如果我能够站起来，我一定把这个 A 医生的脸打成烂西瓜。

我的愤怒几乎让眼睛都红起来，眼珠子几乎跳出眼眶，咬在 A 医生的脸上。A 医生看着我，笑了一下：“你很愤怒吗？那我很想知道你到底能够有多愤怒！”A 医生接着说下去：“你们是不是有过性关系啊。呵呵。这也真是一个奇迹！”

雨巧全身战栗着，如同一片可怜的树叶，被禽兽的脚掌牢牢地踩在脚下一般，她闭着眼睛，流出来的眼泪在我看来如同血一样的红。

“我操你们十八代祖宗！”如果我能够呼喊出来，我相信我的声带都能够撕裂。我后脑的那根筋又激烈地跳动了起来，脑子里一片血红。

那人说：“带走他们吗？”

A医生站起来，踱开了几步，慢慢说道：“还是不要给自己惹麻烦了，两个都销毁。”

“好的。”那人又掏出了那支枪。对于他们来说，毁灭一个生命要比保留一个生命更容易。

他们没有想到的是，在那人正准备扣动扳机的时候，我突然从地上跳了起来，如同疯狗一样把他扑倒在地，并一口咬住了他的脸，就一口，他脸上的一大块肉就被我含在了嘴里。他连喊都没有喊出声，我手上的一块砖头已经劈头盖脸地砸在他的脸上，他只轻轻地“哼”了一声，就被我持续地打了几下，打得脸上一片稀烂，如同一个被狠狠击碎的西瓜。

我又跳起来朝A医生他们几个扑了过去，我相信我当时已经处在无意识的状态，只有一个念头，杀了他们！杀了他们！一定要杀了他们！

我的眼前一片血红，显然A医生他们几个也惊呆住了，所以我一下子把靠得最近的A医生扑倒在地。A医生使劲地挣扎着，另外两个人已经反应了过来，一个把我撑住，另外一个人将A医生拖开。

这个人不是我的对手，我略一用劲，他如同麻袋一样，被我甩开。而我又向A医生扑过去，A医生在地上连滚带爬地逃着。那个被我甩开的人又和我纠缠在一起，我大吼一声“哇！”，一把把这个人的眼珠子抠了出来，这个人却仍然抓着我不放。门哐啷一声响，

A 医生和另外一个人已经夺门而出。

我翻过身，双拳如同车轮一样打在纠缠着我的那个人的脸上，并不停地号叫着。直到他身上劲一松，再也没有了反应。

我并没有追赶，而是跨出几步，将雨巧背在我的背上，也夺门而出。门口已经出现了几个村民，正在向这里打量，我满脸的鲜血把他们吓得一退，A 医生则已经不见了踪影。我恐怖地吼叫着“让开让开”，背着雨巧向路前面的一座山跑去。

跑了几百米，我才冷静了下来，回想着刚才触目惊心的一幕，我并没有觉得我怎么样了，而是在告诫自己，他们既然发现了我，一定会很快赶到这里，我必须尽快地逃离，越远越好。

我背着雨巧极力地奔跑着，慢慢地也跑不动了，一个趔趄，摔倒在地。不过我马上挣扎着爬起来，继续跌跌撞撞地向前跑。直到跑到山里面的一个草木丛生的大坑之中，我才虚脱了一般把雨巧放下，跌倒在地。

雨巧还是不能动，她的大眼睛看着我，脸上挂满了泪珠。我温柔地抚摸着她的脸，坚定地看着她。我说话还是有些不方便，不过我还是说着：“雨巧，我们一定能活下去。”然后把雨巧抱在怀里。

我“听到”雨巧在说：“老公，你自己走吧，别管我了。求求你，你自己走吧，别管我了。”我愣愣神，发现是我大脑中“听到”雨巧的说话，而不是我的耳朵。

这绝不是我的想象，我知道这就是雨巧在说话。尽管她不说，但是我能够听到她在想什么。

这种感觉让我愣了一下，我盯着雨巧，也用大脑说道：“你能听见我说话吗？你能听到吗？”但是雨巧并没有什么反应，只是看着我，让我还是不断地听到她的想法：“快走吧，老公，我求求你。你一定要活着！”

我把她拉到怀里，低低地对着她耳朵说：“要死，我们一起死。我不会丢下你。”雨巧的眼睛闭上了，可以感觉到，她的眼泪滑过了我的脖子。她想着：“老公，我爱你。我们要活下去，我们要有自己的家，没有人打扰的家。”然后就没有声音了，她似乎昏迷了。

是的，雨巧昏迷了。我点着头，用嘴亲吻着雨巧的额头，告诉我自己：“我一定要活下去，现在，不是为了我，而是为了雨巧。”

只是短暂地停留了一下，我觉得我的体力有些恢复，起身看了看，似乎并没有什么异样，然后又背着雨巧蹒跚地向山的深处走去。

我们两个在山里面躲了两天，这座山并不大，树木也并不是很多，但是有很多天然的石洞一样的地方，让我们两个至少能够遮风挡雨。这两天雨巧一直不能活动，我检查了她的身体和我自己的身体，我的腹部和雨巧的背部都有一个非常明显的像被马蜂蜇咬过的大红肿，按上去非常的疼痛。

我也不知道我为什么能够突然就站起来，而雨巧就不行，回想起以前在燕北假晓云出现的时候给我造成的迷糊状态，我认为我可能对某些东西有抗药性，能够很快地克服掉这些麻醉性药品的攻击。

深秋的山里面，幸运地布满了一人高的野果树，野果类似很小的苹果，尽管有点涩，但还是比较解渴和能够填饱肚子的。由于雨巧不能活动，我只能将果子咬碎之后，挤成汁，灌到雨巧口中，又强迫她咽下去。

雨巧这两天大脑里面一直乱糟糟的，信息很杂乱，只有对我的思路是很清楚的，雨巧很爱我，在这样的状态下，还是充满了对我的关心和关切。对于她来说，可能我就是她生命的一部分吧。

在雨巧能够活动的时候，不知道为什么碰到一大群人开始搜山，明显都是当地的村民，偶尔好像看到当地民兵一样的人。我躲着他们，并不断地背着雨巧向山里面走去，直到我发现，我们两个已经走出了这座山，出现在我们眼前的是一座不大不小的城市。

这座城市叫 TT 市。我和雨巧完全像两个野人，身上的衣服在奔走中已经破得不成样子，头发上也都沾满了叶子和一些很难去掉的带倒刺的种子与植物根茎。这座山并不安全，在很多地方都有人出没的痕迹，有不少小路很明显是经常有人通过的。而且这座山并不大，如果我不是背着雨巧躲躲闪闪的，最多一天就能够穿越。

没有犹豫，从山上下来，趁着天黑，我们两个向这座城市的边缘摸索过去。在一个类似于民居的工地上，稍微清洗了一下。我摸了摸雨巧的身上，钱还在内衣里安稳地躺着，这样至少能够让我们吃一顿饱饭。

我们找了一个土坡下的避风处安顿下来，我取出了一点钱，安慰了雨巧一下，告诉她我们两个人一起出去很引人注意，雨巧才让我出去。这个时候，天已经蒙蒙亮了。

我这个样子还是引起了不少早起的人的注意，我尽量压低身子，佝偻着快步前进，寻找着哪里能够买到点吃的。走了并不是太远，终于在一个小巷子的尽头看到了一家卖馒头和油饼的。

我的出现还是吓了这家小店的老板一跳，我伸出脏兮兮的手，握着钱找他们买馒头。他们的馒头刚蒸好没有多久，看到我这个乞丐拿钱买东西，尽管皱着眉头，但是好像也不愿意放弃刚开门的生意。我给了他们五块钱，拿着七八个馒头和油饼就快步离开了，这个老板喊着找我钱，我也没有搭理他，快速地吃掉了一个，赶紧往回赶。

我回去一看，雨巧不见了！我大惊失色，到处张望，并呼喊着，直到有人发出微弱的声音："在这里呢。"雨巧躲在一堆工地垃圾后面的缝隙里面，我快步赶过去，拉着她说："你吓死我了。"雨巧甜甜地笑了一下，也没有说话，但是我能听到她脑袋里面说："老公，你真好。"她的话让我的心里甜滋滋的。

而且，我也发现，我必须和雨巧有肌肤接触，才能听到她脑袋里面想什么。

雨巧也饿了，但还是让我多吃点。这两三天我们还是饿坏了，一连吃了好几个馒头和油饼，觉得饱了，而后把剩下的仔细地用塑料袋包起来，对于保存食物，我们两个已经有足够的心得体验了。

天亮了起来，外面传来越来越密集的人声和汽车声。这座城市迎来了新的一天。

我没有敢问雨巧是不是记得那个 A 医生，因为这对雨巧是个很大的刺激。我们两个默默地注视着，也没有多说话，休息了很长一段时间。在城市里，我们两个反而觉得有一些安全感，因为我们两个就像城市的蚂蚁一样不起眼。

到中午的时候，我们拣没有人的地方慢慢地绕到城市的市区，在一个天桥旁边的角落处休息了一下。

我们中午不吃东西，这是长期养成的习惯，中午吃东西对我们来说简直就是犯罪。正在那里休息，就听到一阵骂声，却也吓了我一大跳，是一个大妈，似乎是环卫的，凶巴巴地从天桥上面看着我们，骂道："臭疯子，快滚，快滚。"疯子就疯子，我巴不得别人当我们是疯子，我冲着她傻笑了一下，拉起雨巧又走下去。

后来又被人赶过一次，我们终于找到了一个地方，一直等到了天黑。天黑了，就是我们的黄金时间了。

我们两个在这座城市里面待了两天，并没有发现什么异常，我的心才踏实了一点。有天黄昏，我和雨巧打算换一个地方，因为我们待的地方晚上总是有些不三不四的人来来往往的。

在一条街边上，我们两个互相搀扶着，装成很病态的样子，拣着黑的地方走着。有一段路车挺多的，路灯也很亮。正走着，一辆超过我们的车在前面不远的地方停下来，下来两个彪形大汉，冲着我们打量着，并走了过来。

我一看觉得不对，这两个大汉是向着我们走过来的，我拉了拉雨巧，转过身向反方向走。这两个大汉中的一个就开始叫道："前面的两个，你们站住。"我头也没抬，拉着雨巧继续加快脚步，雨巧的手抓着我的手，特别紧。雨巧脑袋里想着："他们来了，他们来了。"

我听到后面的脚步声开始跑起来，我也拉着雨巧跑了起来。由于带着雨巧，我跑不快，雨巧毕竟是个女人，不可能像我一样。我感觉到雨巧想挣脱开我的手，同时脑海中在喊着："老公你跑吧，别管我。"我使劲地把雨巧的手捏着，深情而坚定地看了她一眼。两个人继续向前快步地跑着。

我们被抓到了，雨巧由于比我慢一个身位，首先被两个汉子拉住，我也只好停下来，一个汉子就马上上来把我的衣服揪住。我正想反抗，就听到里面一个人气喘吁吁地骂道："跑什么跑？"这一句反而让我安下心来，他们似乎不是蓝制服一伙的，因为如果是蓝制服抓住我，肯定马上把我控制在地下，什么话都不会说。

我捏了捏雨巧的手，暗示她不要害怕，这不是蓝制服的人。

我傻乎乎地喊着："大兄弟，别打我。大兄弟，别打我。"直到这两个人把我们拉到马路边，仔细地打量我不时冲他们露出傻傻的笑，这个笑容是很天然的，绝对没有一丝一毫让他们觉得我是装傻。

雨巧还是害怕其他人，尽管她可能也知道这不是蓝制服的人，还是紧紧地抓着我的衣服，头使劲地低着，戴着那个捡来的破帽子，还挂着几条破布在头上，根本看不出来长什么样子。

一个显得年长一点的人问我："哪来的？"我冲他傻笑："不知道，大兄弟。"然后他又问："装傻啊？"我冲他继续傻笑："我不傻啊，大兄弟。"

"谁是你大兄弟。"他伸出拳头来吓唬我。

我"嗷"的一声抱着头蹲下来，雨巧也一块儿蹲下来，我傻乎乎地喊道："别打我，别打我。"

另一个年轻一点的说："刘队，是两个傻子吧。"

我明白他们很可能是警察。

"什么傻子，我看不傻。"刘队把我拉起来，我继续冲着他傻笑，然后用我的脏手去摸他的手。

"去。"刘队把手一松，拍了拍手，"你给我站好，别装傻。"

"好，好，我不傻。"

这个刘队个头和我差不多高，留着寸头，看着倒很像漫画书里面的好人，是个硬汉的样子。

"你给我站好！"刘队吼着。

"站好，站好。"我边傻笑着，边歪歪斜斜地站着。

"你听清楚，我问你答！"刘队指着我鼻子说。

"你叫什么？从哪里来？"刘队的第一个问题。

"我、我从天上来的。我叫狗崽子。"我知道真正的疯子应该是怎么样的，这全亏了我们在三晋的乞丐生涯。

"放屁！你还在那里装。"刘队吼着。

那个年轻的说："刘队，得了，这就是两个疯子，市里面多了去了，你不能见到两个一起的就问吧。"

"少废话。"

"昨天那两个和他们一样的。"

"你不愿意，你回车里待着去。"

"别，刘队，我陪着。"

刘队恼火地看着我，又看看蹲在地上的雨巧，然后很古怪地冲着我一笑：“你老婆？”

我差点脱口而出说是，不过我脑子也一转，止住在肚子里面了。好个刘队，真厉害啊，差点就中了他的计了。我傻笑着：“我老婆好啊，我老婆可好了，有好多吃的东西。”

刘队皱了皱眉，又去拉雨巧。雨巧也很乖，赖在地上就是不起来。她那个样子，只要不让他们看清楚脸，绝对认不出来男女。

这个时候，已经有路人好奇地站在边上指指点点了。

那年轻人拉了拉刘队：“刘队，问不出疯子什么的。”

刘队又皱了皱眉，看到旁边的确站了一圈人，好像也算了一样。看了我几眼，可能实在看不出我有什么破绽，转过身去要走。

我看他们走开了几步，马上拉起雨巧要走。

才走了没几步，雨巧的肩膀被人一拍，“孙大夫。”

雨巧明显地身上一震，几乎跌倒在地。我一回头，这个刘队正笑哈哈地看着我，我的眼神一惊，马上回过头，不让刘队看到。

刘队哈哈地笑着：“装傻？呵呵，我看你们两个还装！”我的眼神应该没有逃过这个刘队的眼睛。

他上来一步就把雨巧的手给扭到后面控制住了，雨巧疼得“啊”了一声。另一个年轻人也上来一步，把我的手也反扭到后面。我没有反抗，这个时候，又有雨巧在，反抗是没有什么意义的。

刘队呵呵地笑着：“果然是个女的。”

然后我们两个被架着向车走去，边走边给我们两个每人戴上一副手铐。

警察，这是两个警察。

走到车边，那年轻人犹犹豫豫地说："上车？"

"张奇端，你怎么这么多废话！"

张奇端听着像张气短一样，搞得我还有点想笑。

他哼了哼，叨咕着："才洗了车。刘队，你开车啊？"

"你给我老老实实坐在后面看着这个男的！天天想什么呢！你来开，你来开！"

"刘队，我坐后面，我坐后面。"这个张气短明显是不愿意和我这个脏兮兮的乞丐坐在一起。

雨巧坐在前面，手铐在把手上，我也一样。

在张气短嘀嘀咕咕的咒骂声中，这辆桑塔纳 2000 启动了，拖着我们向灯光灿烂的地方驶去。

十四　公安局的连夜审讯

我闷闷地坐在车上，一言不发。我知道这个时候装傻，没有任何作用，对于刘队这种警察，他只要发现了破绽，心态一定是很坚定的。

我想着要逃脱，但是现在在车上肯定是不可能的。我不知道为什么对警察有一种莫名其妙的好感，可能是因为我碰到雨巧之前遇到的那个乡村警察给我带来的影响。我觉得他们尽管控制了我，但是有时候又在保护我似的。可我一想到孙老头，又非常害怕保护我的人可能会遭遇到不幸，我身边已经离开这个世界的人太多了，只要和我扯上关系，都会被我身后那个巨大而神秘的组织盯上，拖入万劫不复的旋涡中。

一路上，刘队都在用观后镜打量着我，我头低着，尽量不让他看到我的脸。除了张气短不停地在那里不知道叨咕着什么以外，一路无言。刘队拿出了警灯挂在车上呜啦呜啦地叫着，警灯闪耀的红光让我眼睛发疼。

这辆汽车飞驰着，最终驶入了一个大院里面。刘队和张气短把我和雨巧弄下车，我抬头一看，对面的大楼上明显地写着“TT 市公安局”。

由于刘队是鸣笛进入的，在他架着我们两个向大楼门口走去的时候，已经从楼里面快步迎上来两人，似乎是刘队的手下。见到刘队又带着两个乞丐，也有点疑惑地说：“刘队，又是乞丐啊。”“当然是乞丐！”刘队瞪了这两个人一眼，“接过去，带到 211。”那两个人吆喝着，把我和雨巧带进了楼，我在一个房间，雨巧被带到另外一个房间。雨巧使劲地拉着我的手，她害怕和我分开。我拍了拍雨巧的胳膊，我们两个分开了。

这个房间和电视里见过的审讯房间没有什么两样，一面是铁栏杆，对面坐着两个警察，隔着栏杆向我问话。

我采用的是打死也不说的态度，无论他们问什么，我一概回答不知道、不清楚。搞得那两个警察没有问几句就不耐烦起来，用手指着我的鼻子，骂着：“我看你是找打啊。”

这个时候刘队进来了，那两个警察马上客气地对刘队说：“这家伙什么都不说。”刘队“嗯”了一声：“那女的也一样。”

刘队从外面看着我，冷冷地说道：“你不要想着能够隐瞒什么，你最好给我想清楚，老实交代，也许还有宽大处理的机会。”我看着他，傻傻地一笑：“长官，我真的什么都不知道。”

刘队吩咐那两个警察：“先把他们关起来。对了，给他们洗干净，换套衣服。臭得要命！”

“是！”这两个警察应着，随后就把我拽到一个洗澡间。一个人坐在边上，看着我洗澡。我踩了一下那个踏板，一股温水从淋浴头中喷出来，尽管不是很热，但是这次温水澡，真是我最近最痛快的一次洗澡。我用肥皂洗了头，洗了脸，还用警察丢过来的剃须刀按他的吩咐把胡子剃得一干二净。我洗的时间很长，巴不得一直这样洗下去，直到这个警察不耐烦地催促我。

擦干身体，要去捡我的烂衣服。那个警察一挥手，转个身从隔壁取出了一套囚服，还有内裤，命令我穿上。我巴不得的事情，很久没有穿这么干净舒服的衣服了。不过我还是盯着我的烂衣服，别看衣服烂，那里面还有我很多的“宝贝”，比如一把还很锋利的小刀、一个能打着火的打火机……

那警察不耐烦地说：“不会给你丢了的。真是要饭的！”我在穿衣服的时候，这个警察用一个大塑料袋把我那些衣服一股脑塞在一起。出门的时候，又甩给我一个破烂的棉军大衣让我穿上。

我被戴上手铐，带到一个只有一扇又厚又重大门的房间。这就是拘留室了。那警察把我推进去，警告我：“给我老老实实在里面待着。”然后把门就反锁上了。这个房间很高，顶上有一个一点点光亮的小灯，有一扇跳起来才能碰到边缘的小窗户。门上有一扇只能从外面打开的窗户。有一张铺了垫子的床，和一个马桶一样的东西。那张床是我最感兴趣的，坐上去软软的，特别的舒服，其实也就是很薄的垫子，对我来说已经很享受了。

我又担心起雨巧来，她应该和我一样，被关起来了吧？希望她没事，不要害怕。

我刚躺下来没多久，困意就袭来，这么舒服的床我真是很久没有享受过了。闭上眼睛迷迷糊糊的，门哐的一声开了。我一个翻身坐起来，刘队正站在门口看着我，“还挺舒服吧！”刘队说道，“起来。”我站起来，刘队打量了我一下，骂了一声：“洗干净了还真是人模狗样的。你们两个还真是般配啊。”我知道他说的是雨巧，估计他也见到雨巧了。雨巧也应该和我一样洗了澡换了衣服，我的心才稍微地放下来一些。

张气短在刘队的旁边，于是我被张气短拉着，来到了一间办公室一样的房间，有一盏很亮的台灯照着。张气短命令我坐在房间正中的一张小板凳上，并用台灯照着我，然后他和刘队一人一边地坐在办公桌的两侧。

刘队坐下清了清嗓子，打量了我一遍，问：“还装傻吗？”

我说：“没什么好装的了。”

“你叫什么？”

“黎明。”

“怎么写？”

“黎明的黎，黎明的明。”

“屁话！”

“早上黎明的那个黎，明是明天的明。”

张气短怪笑了一声：“刘队，这名字起得好啊。”

刘队继续问：“身份证呢？”

“早丢了。”

“你当乞丐多久了？”

“好几年了。”

“为什么当乞丐？”

“没钱。”

“我看你身强力壮的，为什么选择当乞丐？”

“没本事，只能要饭。”

“上过学没有？”

“小学。”

“呵呵，小学？你当我看不出来吗？你不是没有文化的，你至少念过高中。老实交代，什么学历？”

“高中。”我本来很想说我是大学毕业，但是觉得没有什么必要。

然后刘队又如同查户口一样问了我不少这样的问题。能回答的都如实回答了，有的瞎编的，估计他也听不出来。

张气短在一边记录。

刘队问：“那女的和你什么关系？叫什么？”

“乞讨的时候认识的，叫雨巧。没什么关系，一起要饭而已。”

“她精神正常吗？”

“不正常，她怕人。”

“哦……你们认识多久了？”

“半年不到。”

“一直在一起吗？”

“一直在一起。”

“我再问你一次，你有学历，身体也不错，为什么要当乞丐？”

我很想老老实实地对他说因为我被蓝制服们追杀，没有办法才当乞丐，但是说了有什么用呢？他们可能会认为我胡编乱造。

“我跟人合不来，没法干活。”

“为什么合不来？你性格有问题，还是什么原因？”

“性格孤僻，和人没话说。”

“上河沟村去过没有？”

“那是哪里？”

“哪里？你在那里杀了人，你不记得？”

“杀什么人？”

“别装蒜，你杀没杀过人你装就能装过去？”

“我没杀过人。”

“呵呵，还在装，装得还真是那么一回事！”

刘队给了张气短一个眼色。张气短从旁边的文件夹里面拿出一堆东西，走到我身边。

是一堆照片，第一张就是孙老头的大头像。张气短问：“认识吗？”我没说话。第二张是孙老头女儿的，第三张是村长的。第四张让我把眼睛睁大了一下，这是那个被我用砖头拍死的人，脸被拍成了烂西瓜，仰面躺在院子里，拿枪的那只手似乎被什么东西炸得不见了。第五张照片是那个被我抠出眼睛的人，趴在地上，剩下的那只眼睛睁着，满脸是血，看样子也是死了。

后面还有几张是这两个死人的不同角度的照片。

刘队长挥了挥手，张气短把照片收了起来。刘队问：“认识上面的人吗？”我摇摇头。

刘队呵呵笑了几声：“真是鸭子死了嘴硬啊，你是不见棺材不掉泪啊。你看看这个！”站起来递给我两张纸。

上面是一个人的头像素描图片，很像我。另一张是个女的，似乎有点像雨巧。我看着这两张素描，什么话都没有说，把手垂了下来。刘队走过来，把我手里的两张纸拿起来，说：“你们乞丐的样子我还真的半信半疑的，一洗干净就和图片一模一样了。你还想瞒多久？”

这帮警察真是老到，先开始问我和雨巧认识多久了，因为雨巧的图片画得不像她，这个刘队是要确认我到底是不是和雨巧在一起，开头才那么问我。

刘队接着说：“如果你还想继续抵赖下去，我只要明天让上河沟村的村民来这里做个人证，你就完了！你考虑清楚，最好现在就老老实实地全部交代清楚。”

我知道刘队说得一点都没有错，我最后的心理防线就被这个老狐狸很快地撕破了，我再沉默下去也没有什么用了。

我抬起头，说：“这个事情，跟雨巧没有任何关系。”

“这个不用你说，我们会调查。”

“我会交代清楚，但是，我有一个要求。”

“你说吧。”

“就是我说的你们肯定不相信。所以，我只想说给一个人听。”

“哦？”刘队“哦”了一下。

“放屁！你少耍什么花样。”张气短吼了起来。

“张奇端你先出去！”刘队沉思了一会儿吩咐道。

“刘队，你别听这小子胡说！！”

“你先出去吧。录音机给我。”

张气短不服气地从兜里拿出一个小录音机交给刘队，起身出去了。敢情他们这帮警察还有偷偷录音的毛病。刘队停下录音机，倒回去了一点，好像把刚才他叫张气短出去的那段洗掉了，重新开始录音。

“老实交代。”这个刘队似乎是要补上洗掉的这段录音，所以又吼了一遍。

警察有时候做事有点神经质，不过也值得同情，工作习惯成自然了。做戏有时候做得让人哭笑不得。

于是我从我们两个乞丐在三晋认识开始讲，略过了雨巧发疯的一段，只是说我们两个打算找个深山老林去自己养活自己。

我描述上河沟村的事情大概是这样的：“雨巧发烧了，所以我们到村子里面看医生，这个医生就是孙老头，他有一个女儿，名字一直不清楚。孙老头人很好，收留了我们，也没有要我们的钱，也打算收我和雨巧做义子义女。在雨巧病好的时候，中午来了三个穿白大褂的人，村长也来了，说他们是市里面来医药扶贫的。不过这三个人好像不是什么好东西，孙老头怀疑他们不是医生，结果就有另外一个和他们一伙的人在墙头埋伏着，给了我们几枪，是一种麻醉枪，我、雨巧、孙老头、村长和小姑娘都被麻翻了，一动都不能动。这个医生说要销毁我们，于是有个人就拿一种放射光线的枪把孙老头他们化成灰烬了,所以你们也不用找他们了,他们都被医生杀死了。当他们要销毁雨巧的时候，我突然能动了，然后拿砖头砸死了其中一个,又和他们扭打,结果跑了两个,另一个就被我用拳头打死了吧。照片上那两个人就是。然后我就背着雨巧跑了,躲在山里面两三天,到这座城里面又躲了两天，结果被你抓到了。”

刘队一直没有说话，静静地听我讲完，才长长地舒了一口气，双目炯炯地看着我。

十五　刘队是好人

突然他古怪地笑了一下，然后脸色一下子变了，猛地把桌子一拍：“你以为我是小孩吗？编什么科幻故事给我听！”

我一愣，把头垂了下来。

刘队继续咆哮着：“我警告你，你要是再敢胡说八道一次，我就立即毙了你。”

我还是把头低着。刘队在咆哮完之后，突然伏下身子，很小声地说：“你听见了没有，你刚才说的仅此一次！”

我有些惊讶，似乎这个刘队的反应并不正常，我点了点头。

刘队恢复了平静一样说："那你承认是你杀了这两个人？"

我说："承认。"

然后刘队把张气短的记录本拿过来，哗哗地在上面写着字，然后看着我说："你来签个字。"

刘队告诉我怎么签，并掏出一个印盒，让我摁了手印。

他上面是怎么写的，我也没有看到，反正如此而已，我也不用考虑是不是他还给我定个冤假错案。我已经是个什么罪都无所谓的人，哪怕他们非要将我冠名为杀了孙老头，也没有什么关系。

挨个枪子也许比被蓝制服追杀要来得痛快。

刘队把我签好字的文件收回来，看了看，眉头紧皱着，过了好一会儿才放下。然后从另一个文件夹里拿出一张纸，递给我："认识这个人吗？"我一看，也是一张素描像，是A医生。我的瞳孔放大，咬牙切齿地说："认得，和他们一伙的，是头头。"

刘队把东西收回来，又低着头对我小声地说："伙计，我再说一次，你刚才说的那个故事是你胡编的，你不要和任何人再说第二次。不然我毙了你。"

刘队恐怕知道的东西比我想象的更多，我猜。

刘队拿出录音机，哗哗地把录音机倒带，然后好像和刚才一样把磁带洗掉了。

他站起身，到门边把门打开，侧着身子出去叫了一声张气短，这个张气短跑了进来。

刘队对张气短说："招了，那两个人是他杀的。"

张气短说："刘队真是英明啊！不过那几个失踪的人呢？"

刘队骂道："你脑袋不清楚吗？他也不知道。"

张气短连声应和着："是啊，是啊，我们只管杀人的。哈哈。"

刘队挥了挥我签字的文件："先把他带走。未经我的同意，任何人不准提审。"

"是！赵局长也不准？"

"你小子屁话怎么越来越多！！"

"是！"

我被张气短带了回去。张气短一路上很高兴的样子，嘴里哼着小调，把我推进牢房，临走的时候冲我笑着说："哥们儿，睡踏实点啊。哈哈。"

门哐的一声关上了，房间里昏黄的小灯照着，窗外黑漆漆的，能看到一两颗星星。

刘队的反应让我无法猜透他到底在想什么，似乎他知道什么，似乎又只是想少给自己惹麻烦。他是否和蓝制服是一伙的？这是个我想都不敢想的问题。我已经认罪伏法了，承认是自己杀了人，我应该会得到法律的严惩，我杀人的动机尽管可以说是自卫，但是那种将人化成灰烬的可怕机器，无论谁来听这个故事都觉得我是胡说八道。但是我又有什么理由杀了他们？刘队没有问，他只是确定了我是杀人者。可能在以后的几天，他们还要继续深入地问我杀人的理由，但是我应该怎么说？说实话可能不会有人相信。A医生他们的出现和身份对于刘队来说绝对也是一个未解之谜，如果刘队自己去揭开这个谜，恐怕他也……

我再也不敢往下想，又开始担心起雨巧来。雨巧如果没有我，可能还是在三晋过着乞丐的生活，尽管我的到来她很开心，但是我也给她带来了灾难，很可能雨巧也会因为我而死去。也罢，也罢，我死了就死了，我希望雨巧能够活下去。但是雨巧会这么想吗？

在胡思乱想中，我还是经受不住疲劳和这张“软软”的床，沉沉地睡了过去。

第二天早上还有早饭享用，一个馒头和一碗稀粥，粥中漂着几片咸菜。这对我来说已经是美食了。

快到中午的时候，我的房门又被打开了，张气短和刘队一脸严肃地把我叫出来，一路无言。

这是一个比昨天好很多的审讯室，像个小型的会客室，里面有沙发，有漂亮的桌子，也有一张更生猛的椅子，铁椅子，尽管有垫子，但是看得出来，我坐上去被椅子上面的栏杆一关，根本无法随便乱动。

椅子对面的沙发上坐着的两个人正在高兴地谈论着什么。一个穿着很笔挺的警服，看警衔官应该不小，另一个看着有点发福，但是显得很有气派，像个官员似的。我一进去，这个官员就不住地打量我。

我心想，这次是高层来亲自提审了啊。

我老老实实地坐在椅子上，刘队就很恭敬地对这两位说：“赵局长，犯人来了。”

“小刘，辛苦了。这次你又立功了。”那个穿着警服的赵局长笑着说。

“哪里，哪里……”刘队退到一边，和张气短坐在我侧面的一张桌子两侧，摊开本子准备记录。

我想这个警察大概是刘队的公安局局长，而那个官员似的人估计身份也不简单，因为连赵局长都很客气地满脸堆着笑容看着他。

赵局长冲着那个官员打扮的人笑着说：“陈老总，那么我们开始吧。”然后转过脸对着我，马上就是一脸的严肃。人的表情能变得这么快，可见这些人也真是足够当演员了。

赵局长的目光在我脸上先扫了一遍，做出个不屑的眼神，问道：“你叫黎明吧！”

“是。”我有气无力地回答。

“你在上河沟村杀了人。你认罪吗？”

“认罪。我杀了人。”

赵局长给了刘队一个欣赏的眼神，似乎在赞扬刘队把我训练得很服帖。

在例行公务一样的废话之后，那个被赵局长称呼为陈老总的人终于发问了。

“小伙子，你杀人的动机是什么？”

这才是真正靠谱的一个问题。

我看见刘队和张气短拼命记录着，生怕把陈老总的字少记一个。

“他们……调戏我老婆，我一冲动就杀了他们。”我真是厉害，这么混蛋的理由也想得出来，不过能把雨巧撇干净就不错。

“呵呵，小伙子，年纪轻轻的，不要说胡话。”陈老总还是很平静地说着。

“就是这么一回事，我杀了就是杀了。我高兴。”

赵局长把沙发扶手一拍：“你给我老实点！”

陈老总挥了挥手：“老赵，不用激动。”

赵局长瞪了我一眼，没话说了。

陈老总接着问：“据我所知，你和你老婆是乞丐，别人为什么要无缘无故地调戏你老婆？”

“我也不知道。”

“那你就杀人，还这么厉害？”

“一生气脑袋就不好使，不知道下手轻重。”

“他们两个人都不是你的对手？”

“没觉得他们打得过我。”

“那他们有几个人？”

“四个。”我脱口而出。这句话有点糟糕了。

陈老总站起来，呵呵笑着看着我：“四个人啊。你自己觉得你说话有道理吗？”

我没有回答他。

他接着问：“小伙子，你不要想着能够大包大揽，反正承认杀人了就行。警察不会冤枉一个好人，也不会放过一个坏人。你有很多隐情不愿意说啊。”

我冷冷地看了这个陈老总一眼，他看着尽管很有气质，但是五官长相实在很平常，一张脸表情并不是很丰富，也许是一个相当有城府的人。

“你如果坦白交代你的问题，政府也许还能宽大处理，如果你坚决不合作，对你第一没有任何好处，第二你的老婆同样也脱离不了干系。你要考虑清楚。”

这个陈老总是一块很老的姜，够辣，他很快应该发现了，雨巧是我的一个突破口。

我回答道：“呵呵，我说出来你们也不相信。”刚说完，我觉得刘队的眼神很尖锐地盯着我，不禁想到了他叮嘱我的。我的故事不能重复第二遍。

“只要是真的，有什么不能相信的？你要相信政府、相信法律、相信警察，不要受什么影响。”

陈老总似乎是对我说，也是警告别人的。因为我发现刘队的眼神立即就收了回去。

这个陈老总似乎是有目的而来，而他关心的也似乎并不是我到底杀了什么人，而是我杀的那些人是谁，他们干了什么事情。

我沉默着，低着头一句话也不说，只觉得陈老总的眼神在我身上扫来扫去。我是应该听刘队的再不重复我的那段故事，还是听陈老总的相信政府和警察，把我的骇人听闻的故事说出来？

陈老总看我在犹豫，问了我一句：“你抽烟吗？要不抽一根？”

我摆了摆手，我的头上似乎有汗流出来。似乎我面对着的陈老总和刘队，这两个人中间一定有一个对我非常不利的人。

正当这个时候，赵局长的手机响了，赵局长接起来一听，神态和眼神马上发生了巨大的变化，他很敬畏地连连点头，回答着是、是，并看了陈老总好几眼。

陈老总盯着这个电话，脸上也阴晴不定。

赵局长放下电话，低低地说："省里面专案的人下来了，马上就到。"陈老总"呀"了一声："这么快！"然后目光狠狠地扫在刘队的身上。

刘队马上站起来，满脸委屈地大声说："不是我说的！"

整个办公室的人沉默了。这种气氛突然就像一座山一样沉沉地压下来……连我都觉得有些窒息。

十六　犹如撕裂一般的心痛

陈老总的目光又扫向赵局长，赵局长一脸苦瓜相地摊了摊手，意思是保证不是我说的。张气短更是大气也不敢出，那样子量他有九个胆子也不会通知省里抓到嫌疑犯了。

陈老总看着这几个人的样子，反而哈哈笑了起来：“算了，既来之则安之，省里面的专案人员是想抢些功劳呢！”

赵局长皱着眉头问道：“这次省里面反应这么大……”

陈老总马上打断了他的话：“老赵，不该说的不要说。”说完又看了看我。

我只是听着，什么反应都没有。

陈老总又问道："他们什么时候到？"

赵局长说："应该很快到，上面亲自给我打的电话。不过这个专员身份很特殊，上面说好像并不是公安或者军队系统的。"

陈老总有点惊讶地说："上面亲自抓这个案子？呵呵，有趣啊有趣。"

陈老总转身看看我，又对赵局长说："既然省里面下来人，嫌疑犯我们也要照看得好些，这里似乎不是太合适。"

赵局长心领神会："您是说先转个地方，中午我们先接待一下？"

陈老总哈哈一笑："老赵，你真是越来越聪明了。想法很好嘛，重要犯罪嫌疑人自然要重点保护。"

赵局长马上吩咐："小刘，你和小张马上去备车，把犯人转到塔河 103。快！"

刘队和张气短敬了个礼："是！"转身就奔出去了。

陈老总对赵局长说："你先跟着他们去备一下车。我最后问他几句。"

赵局长有点犹豫，被陈老总眼神一压，只好答道："是。"也转身出去了，出门的时候又仔细地看了我几眼。

这下办公室里只有我和陈老总两个人了。

陈老总笑着对我说："小伙子，你的罪不小啊，省里都设专案组了，你这个枪子少不了要挨上一颗。不过……"

他看看我，见我还是没有什么反应，把手甩了一下，背过身去：

“不过，你如果现在老实交代你的杀人动机和那几个人的身份，也许还能免于一死。”

我说：“反正都一样是个死，我多说也无益。”越是想知道这是怎么一回事的人，我越是怀疑他的动机。我并不怕死，早在逃亡开始的时候，已经把死看得很淡了，除非为了雨巧，我不会再轻易透漏半个字。因为我知道，如果我再说一次，只怕我和雨巧会死得更快，我死了就算了，但是雨巧和这个事情既然挂上钩，只有让她自己逃走，才是唯一的活下去的办法。

于是，我接着说：“除非警察现在就放了我老婆，我说了，她是无辜的。”

陈老总转过身来，很仔细地看了看我的眼睛，说道：“如果我放了她，你还是不说呢？”他特意在“我”这个字上加重了口气。

我笑了：“你又不是警察，你说放了就放了吗？”

陈老总也笑了：“哈哈，我嘛，以前是那个赵局长的老上级，不过现在搞企业了而已。但是，我不是警察，胜似警察，而且能干很多警察也干不了的事。你相信吗？”

我看着这个奇怪的陈老总说：“你这么说我也没有什么不相信的。不过你也是一个聪明人，我都已经这样了，说和不说都是一个死，现在也就是惦记着我老婆，你放了她，我还有什么不能说的呢？”

陈老总点了点头，悠悠地哼出一句话：“人之将死，其言也善。看你一片痴心，我就答应了你。你也知道，我这是对你有恩，你以后可别说出什么让我有麻烦的话出来。”我心中骂道：“老狐狸！

你有这么大的胆子，还怕这些？”

反正不管这么多了，只要雨巧还有一线生机，我就赌上这一把。

“你放了我老婆，我就说。君子一言，驷马难追。”我冲着陈老总说道。

陈老总呵呵一笑：“好！”然后在沙发上一坐，点起一根烟，似乎陷入了沉思。

一盏茶的工夫，赵局长轰隆隆地跑进来，刘队跟在后面，看到陈老总在抽烟，我低着头不说话，他口中气一松，好像知道我还是没有说一样，对陈老总说：“车准备好了。民用车。”陈老总也没有搭理他，点了点旁边的座位：“老赵，你坐下，我有事跟你商量。”

赵局长乖乖地坐下，陈老总凑过身去，向赵局长耳语什么。

赵局长眉头时紧时松，突然嚷了一句：“不好吧。”陈老总把他一拉，继续耳语，然后命令似的说：“老赵，就这么办了！”赵局长也没有说什么，脸色铁青地站起来，瞪着我，这时候我已经被刘队从那个铁椅子里面拎出来站着。赵局长说：“带走。”

我就被刘队押着，向楼外面走去。

我们从一个小门穿过去，这个时候赵局长和陈老总也跟了上来，两个人还是在后面嘀嘀咕咕的。

穿过小门，是一个小院子，里面已经停着一辆发动起来的车，我一看，雨巧已经坐在里面前排。张气短正在车上张望着，看到我们来了，挥了挥手打招呼。赵局长抢先两步走上前去，示意张气短下来。张气短下车后，我也被刘队塞进后座，把手铐在车里的把手上吊着。

雨巧见了我，马上一行泪掉下来，低低地叫着：“老公。”我伸出右手把雨巧的手抓着，深情地说：“别怕，别怕，老公不是来了吗？”这时候突然想到我可能和雨巧分开，不禁心中一酸，一行泪也跌出眼眶。雨巧眼泪流得更加厉害，我能够听到她脑袋里面说：“老公，你怎么哭了，是雨巧不好吗？”我说道：“雨巧，没事的，没事的。”两只手就只能紧紧地握着，我们再也说不出什么。

赵局长在外面对刘队和张气短指示着什么，隔着车门我听不清楚，只看到刘队似乎很不乐意地低着头听着，张气短则站在边上傻乎乎地站着。过了一会儿，车门被拉开了，另外一个不认识的年轻人坐上了驾驶座，陈老总则坐在了我的旁边。

陈老总吩咐道：“小李，塔河监狱。”那个小李答应了一声，一踩油门，这辆车就飞速地向院外驶去。

这座城市果然不大，一小会儿工夫就已经驶出了市区。这里果然是西部地区，车开出城市，很快就变成了荒山秃岭，这辆车就在一条几乎没有什么车的道路上奔驰着。一路上陈老总并没有说话，似乎在思索着什么。直到车拐了一个大弯，绕到了一个小山包背后，陈老总才说了第一句话：“从前边路口下去。”这个司机很听话地走下了这条小路。这条路非常的颠簸，在颠了七八分钟之后，车在一个小河沟旁边停下了。

陈老总看着我，淡淡地说：“照你说的，我在这里把你老婆放了。沿着这条河沟往前走，就没有人能找到你老婆了。”

我说：“好的。”雨巧已经回头惊讶地看着我。她眼睛睁得圆圆的，伸出她的左手想抓住我。我没有看雨巧的眼睛，并尽力地躲着她的手。雨巧惨叫着：“老公，老公！”我还是躲着她的手，并极力控制着自己不让眼泪流下来。

陈老总吩咐司机：“把那个女孩子放下来。给她点钱，让她走。”

司机马上非常听话地拉开车门，绕到另一边，把车门拉开，打开雨巧的手铐，像拎小鸡一样把雨巧从车里拎了出来。雨巧拼命地挣扎着，极力地尖叫着：“老公，老公，老公！不，我不要下来！老公！你不要我了吗？老公！”

我的心如同被大锤子砸烂了一样，难受得无以复加，我拼命地往车的一角蜷缩着，不去看雨巧。雨巧的目光如同钢刺一样刺进我的体内，几乎将我的全身的筋脉都挑断了。我像个受惊的孩子，躲在这小小的车内。

司机将雨巧拖开，甩在了旁边的泥地里，然后快步地返回。雨巧惊人地翻身爬起来，冲了过来，那司机已经上了车，锁住了所有的门窗。雨巧在我这边车窗拍打着，不断地叫着：“老公，你不要走，老公！你别不要我，你说了要和我在一起的。”那声音带着哭腔，嗓子似乎都已经撕裂了。

我用一只手捂着我的脸，不敢看她，因为我害怕我一看她，就会忍不住地想和她在一起，我心里想着，我杀了你们，我还能和雨巧在一起。

陈老总已经拿出一支枪，指着我的腰，低低地说：“你最好不要耍什么花样，我告诉你，如果你这次敢跑，你和你老婆的下场将会一模一样。”这句话如同催命魔音一样，让我再也没有反抗的想法，我只是在心里反反复复地说着一句话：“雨巧，你走吧；雨巧，你走吧。”

车发动了，将雨巧带了一个趔趄，雨巧还是拍打着我的车窗，用撕裂般的声音呼唤着我：“老公，我求求你，不要离开我，不要离开我。”车掉了个头，开始加速。雨巧尖叫着追赶着车，用尽全身的力气拍打着窗户，车子一带，雨巧终于摔倒在地上。我一愣，吼叫着：“停车。”司机回了下头，陈老总还是沉沉地说：“停下。让他们说两句。”

车停下了，我吼叫着：“开门！开门！”那司机将门锁打开，我打开车门，钻了出去。我的手还是铐在车把手上面，因为动作太激烈，已经被手铐勒得鲜血直流。雨巧摔倒在地上，见车停下来了，满脸的灰尘和泪痕，眼神中又发出了光芒，叫着老公，向我跑来。我看着雨巧的脸，突然大吼一声：“你给我站住！”雨巧站住了，呆呆地看着我：“老公，你要说什么？”

“我不是你老公，你给我滚蛋！”我大吼着！

雨巧愣住了，她慢慢地挪动了两步，向我说：“老公，你不要我了吗？”

“你给我滚蛋！你不要过来，你滚开！！”

雨巧站在那里，没有再往前移动，大眼睛里面，眼泪翻滚着，在她沾满灰的脸上留下几道清澈的泪河。

"老公。"雨巧似乎在温柔地召唤我。

"我操你妈！你给我滚！"我还是像个野兽一样吼叫着。

雨巧看着我，说："我是你的女人吗？"

我吼道："你不是我的女人！"

雨巧还是说："那你是我的男人吗？"

我吼道："我不是你的男人。"

雨巧继续说："那我还是你的老婆吗？"

我吼道："你滚蛋！你不是我的老婆！你滚啊，你滚啊！"

我记得这些对话，我们两个在三晋和一路走来的时候，总是不断地重复着。雨巧问我："我是你的女人吗？"我说："是的，你是我的女人。"雨巧又问我："那你是我的男人吗？"我说："是的，我是你的老公。"雨巧就会甜甜地笑着："那我是你的老婆哦！"这样的对话，一亿次也不会腻。是的，一亿次的对话都是这样，哪怕是这样，尽管我嘴上回答着，心中何尝不还是那样在回答呢。

雨巧看着我："我去哪里，我去哪里？"

我吼道："你沿着河边给我滚蛋！！你听不懂吗？"

雨巧呆呆地望着我，眼泪也似乎干涸了，说："你说过一起死的！我睁开眼睛就能看到你的！"

我再也忍受不住，在眼泪的喷涌下，继续像个疯子一样吼道："你给我活下去，就能看到我！王八蛋，你走啊！王八蛋！"

雨巧的眼中重新发出光辉，她又向我跑过来："老公，我们要一起死！你不要丢下我。"

我再也不能这样待下去，我在心里一亿次地呼喊着：“雨巧，你要活下去，好好地活下去。”然后钻进了车内，把门重重地关上。陈老总说：“开车！”司机轰地踩响了油门，车飞驰而去。

我捂着脸，伤心得几乎窒息。我似乎还听到雨巧在车后呼喊着我，我就这样低声地哭泣着，似乎这个世界已经在我的心中死了。

半晌，我抬起头，用哭红的眼睛看着陈老总，说：“我全部都告诉你。”

十七 省里来的专案特派员

我从我身上的蓝色的斑开始讲起，到大家的死，到我的梦境，逃亡，流浪，乞讨，乡村警察，蓝制服，灰制服，到A医生的出现，他们动用了武器，到我杀了他们，直到被刘队抓住，比较细致地讲了一遍。但是我没有讲和雨巧的相识、雨巧的身体、雨巧的来历和过去，所有关于雨巧的内容我都一句带过，因为我实在不想让他们知道雨巧的任何事情。雨巧，只是我逃亡生活里的一个偶遇，一个梦而已。

这个世界在我的眼中已经死了，在离开雨巧的那一刻已经死了，我也已经是一个死人，无论什么都不会打动我的心。不管以后我将会怎样，都让这些快点来吧，销毁我吧，我已经受够了。

陈老总长长地舒了一口气，沉思了半天，才闷闷地说："看来，我给自己找了个巨大的麻烦。"然后捂着自己的脸。司机开的车也几次打摆子，可以感觉出他心中的恐慌。过了一会儿，陈老总才抬起头来，吩咐司机："以最快的速度赶到塔河监狱。"

塔河监狱坐落在一个荒秃秃的山上，看着如同地里面长出来的一座古怪的碉堡，阴森森的透着一股寒气。在路上还有一道哨所一样的关卡，不过司机掏出了一个证件，那守卫就立即敬礼放行了。

塔河监狱的门口，刘队和张气短已经在焦急地等待着了。那辆熟悉的桑塔纳 2000 孤零零地停在一边，看到我们的车过来，刘队立即迎了上来。刘队把我拉下来，看都没有看前排的座位上的雨巧不见了，他似乎已经猜到了雨巧会没有跟着一起来。张气短还有点傻乎乎的想问，马上被刘队的一个严厉的眼神给压回了肚子里。

刘队恭谨地问陈老总："说了吗？"陈老总像没有听到一样，径直向监狱大门走去，司机紧紧地跟在后面，刘队和张气短拉着我，也紧紧地跟着，还没有到门口，已经从侧门迎出了几个人，堆着一脸的笑亲热地和陈老总打招呼。陈老总还是好像没有看到一样，直接走进了监狱。迎上来的那个人似乎是监狱长，他看了看刘队，说："陈老总不高兴啊。"

刘队铁青着脸，重重地"嗯"了一声。

陈老总一路无言，快步向院内走去。监狱长紧跑了几步才跟上，领着陈老总和我们向地下走去。这个地下室格外的开阔，灯点得很亮，走着走着就开始逐渐地收紧，旁边多出来很多有着厚重铁门的房子。

直到走到尽头，才出现了一个门格外高大和笨重的房间，铁门上刻着几个数字：103。监狱长把门打开，这是一个非常大，外面有一个审讯室一样的房间，摆放着不少桌子和凳子。绕进去又是一个看守房一样的房间，角落上，才有一个看似牢房的屋子。我被刘队推到屋子里，房门重重地关上了。我像垂死之人一样走了几步，一屁股坐在床上，抱着脑袋，成了一尊雕像。

只呆坐了三五分钟，一个警察又把门打开，把我带出来，坐在审讯室里面。

那个监狱长吩咐手下的人给我照相，我自然随意地让他们摆布。

陈老总坐在一边，还是一言不发，只是狠狠地抽着烟。刘队在他旁边站着，只是望着我，也不说话。那个监狱长则左右也不是，似乎总想和陈老总聊两句，但是看陈老总那个样子，也就把话吞在肚子里面了。

这个时候，陈老总的手机响了，陈老总接起电话，马上换了一副嘴脸："王老哥！你好，你好！"整个房间立即安静了下来。

"老哥有什么消息？"

"省里面专案的特派员下来了？"

"怎么没有早点通知我，我好准备啊。"

"老赵快中午的时候和我说了。"

"哦，是。我现在在外面，我马上过去。这个赵局长，瞎指挥嘛！"

“还可能是燕北派下来的？”

“我尽快赶到！”

陈老总把电话挂断，目光严厉地扫视了大家一圈：“我现在走，一会儿再回来，我没有来过这里。你们清楚了吗？”

监狱长立即一个立正敬礼：“是！”

“安排一辆车给我。”陈老总吩咐着。

监狱长屁颠屁颠地引着陈老总走出了房间，过了半天才回来。

刘队和我正对着坐着，也是一言不发，我是失魂落魄，连看都懒得看他们一眼。

监狱长先发话了：“刘队，是不是现在问一下话？”刘队摆了摆手：“算了，先关起来。对了，给他些吃的。”

我又被关进小牢房，大脑一片空白，尽管给我的食物显得格外丰富，但是我根本没有胃口。

不知道过了多久，我的牢门又被打开了，我顺从地被两个警察拎到审讯室坐着，并戴上了沉重的脚镣和手铐。

审讯室里面已经坐了几个人，赵局长和一个黝黑精瘦的穿便衣的男人坐在一起，刘队和张气短则坐在另外一边。监狱长和两个警察则站在一边。

赵局长做了个手势，说：“田狱长，你和你们的人先下去吧。”估计监狱长得到这个指示已经无数次了，他熟练地挥了挥手，转身和两个警察出去了。

那个精瘦的男人见他们下去了，说道：“陈老总什么时候来？”

赵局长马上回答道："应该很快了，他今天本来在下面企业视察，所以赶过来要耽误一点时间。"

"哦，陈老总不来，人就不能带走，是吗？"

"哪里啊，陈老总是我的老领导了，这次能抓到这个犯人，陈老总可没少出主意。既然夏专员千里迢迢而来，陈老总不来汇报一下，我们哪说得过去。"

"哦，这么麻烦啊。没事，那就等一下陈老总吧。"

"夏专员不在这里审问一下？"

"不用了，我这个人就是个跑腿的人，笨嘴笨舌的，还是带回省里面再审吧。"

"瞧您说的，我们也都指望着省里面的专家领导好好地给我们上上课呢！您别谦虚了。"

"呵呵，赵局长瞧您说的。我是想问问，不过我们有规定，现在不能问，必须回省里面问。"

"哦，遗憾啊，遗憾啊！我们这个小地方，办案的经验还是少，抓个人可能还行，其他方面夏专员一定要多多指点。"

"赵局长你们这次的功劳很大啊！这么快就抓到了嫌疑犯，要给你记个一等功。"

赵局长哈哈笑着，乐得直搓手。估计这句话说到他心坎上了，自然不敢继续向夏专员施压，非要他就地审问。

赵局长能混到这个局长的位置，大风大浪自然也是经历过，绝对也是一个聪明人。

“夏专员既然不能审问这个犯人，那先把他收押起来，我们上去喝点茶吧？”

“不用了，犯人也待在这里，我们就这样等着陈老总吧。要不陈老总一来，看见我们在喝茶，多少是有些不好的。”

“哦，也是，也是。”

夏专员看了看我，冲刘队笑着说：“听说能抓到这个犯人，你功劳也不小啊！”

赵局长马上接过去说：“刘队悟性好，一说就明白，一点就透！”

刘队傻傻地笑了一下：“多亏了赵局长领导有方，要不我哪有机会表现。”

这话说得赵局长还是心花怒放，马上接过去：“刘队不要谦虚了，来我们这里时间不长，办的大案特案都很干净漂亮。局里这次要好好地表彰你。”

赵局长的意思也很明显，省专案组你们就别找刘队了，我们这边表彰，你们就表扬一下我就可以了。

夏专员哈哈一笑：“强将手下无弱兵嘛！”

夏专员和赵局长开始互相吹捧，一个夸夏专员是专家是领导，一个赞赵局长处事果断办案得力。官场之上，这些话听起来都格外的肉麻。

赵局长插进一句话：“尽管犯人抓到了，但是我们这边还是没有什么头绪，不知道省里面有什么分析结果。”

“嗯，这个案子尽管看着只是凶杀，但是案中有案啊！”

“怎么讲？”赵局长追问着，这应该也是赵局长相当关心的问题。

“赵局长你也知道，失踪的人至今下落不明，被害的两个也是查无此人，凶案现场疑点重重啊。”

“是啊，是啊，省里面调查分析现在也没有什么结论吗？”

“没有。所以，关键点就在这个犯人身上。”

“是啊，是啊，我们连夜突击审讯，这个家伙只承认了自己杀人的事实，什么原因一概不说。狡猾得很呢！”

“呵呵，秘密谁都想知道，我也很好奇，不过……”

赵局长脸色一红，“嗯”了一声。

“不过，世事难料，有些事情还是少知道为妙啊。”

“说得是，说得是……”赵局长似乎想到什么，“夏专员，我问问陈老总到哪里了。”

“好。”

于是赵局长找事干一样掏出手机，给陈老总拨打电话，说了几句，然后说：“已经快到了，五分钟。”

“好，我也期待见到陈老总呢！”

然后几个人都若有所思地沉默不言。

果然，五分钟后，陈老总满脸笑容地推门进来，见了夏专员马上伸出手去：“夏专员吧！来晚了，来晚了，没有耽误你办案吧！”

“没有，没有，能见到鼎鼎大名的西北第一枪陈老总、陈老师，等多久都值得。”

“哎呀看你说的，我老了，还什么第一枪啊，早被你们这些年轻人超过了。请坐，请坐。”

“您请，您请。”夏专员也是客客气气地招呼着。

赵局长把自己的位置让给陈老总，和刘队坐在一起。

陈老总笑盈盈地说：“我听赵局长说你一到连中饭都不吃，直接赶过来，我真是惭愧啊。”

“省里面交代得紧啊。”

“专案组王主任都和我说过了，让我们全力配合。”

“王主任操心了。”

“那现在是怎么办，直接带走吧？”

“是，我就是来直接带走的。”

“我来得晚，您有没有审问一下这个犯人？”

“没有，我直接带回省里面审问。”

“好的，好的，有省里面出面，我可松了口气。我们问不出什么东西，还发愁呢！”

“还有一个女的，听赵局长说没抓到……”

“老赵啊，你怎么没有跟我说！”陈老总似乎有点生气。

“陈老总，我是想着，主要的抓到了，那女的……”赵局长把头一低，不说话了。

夏专员赶紧搭上一句：“陈老总，男的抓到了已经很好了。”

陈老总马上换了一张笑脸：“工作做得不到位。啊，夏专员，你怎么这么快就得到消息了，本来还担心万一抓的人不对……”

夏专员哈哈一笑："这个嘛，呵呵，小秘密，陈老总不生气吧。"

"哪会，哪会。我知道夏专员是袒护我们的一些大嘴巴。"

夏专员呵呵一笑，也不回答，说道："事不宜迟，我们走吧。"

赵局长接口道："对啊，对啊！小刘，叫田狱长进来安排一下。"

刘队起身出去了。没过一会儿，我就被五花大绑一样推到了监狱的大院。

陈老总问夏专员："要不你坐我的车吧，犯人让刘队他们看着。"

"不用了，还是我看着犯人。"

"要不这样吧，你和刘队带着犯人都坐我的车。我的司机开车比较快。"陈老总征求着夏专员的意见。

"哦？那真是求之不得。还想着见面时间太短，很多问题没有向陈老总讨教。"

"来，来。"陈老总扶着夏专员的手就向他的那辆帕萨特走去。

两个人推推让让的，最后还是陈老总坐前面，夏专员和刘队在后面一边一个把我夹在中间。

这辆车一溜烟地蹿出塔河监狱，将赵局长他们远远地甩在了身后。

陈老总和夏专员一路上高谈阔论，说些和这个案子不着边际的话。直到开出了半天，才算说到正题上。

陈老总说："听说你可是从燕北下来的啊，我说我怎么没在省里见过你。"

夏专员笑着说："呵呵，只能算是碰巧的事。再说我也只是配合政府办案而已。”

陈老总说：“哪有这么碰巧的，燕北下来人，省里专案组也对你毕恭毕敬的，那是我们这个案子已经足够的大，才会这样。”

夏专员说：“是有些问题挺有意思的，所以我和我同事专门下来一趟了解一下情况。”

陈老总说：“那你觉得什么问题挺有意思？夏专员能否透露一点？”

夏专员说：“这个我可不敢瞎说，我只是下来了解情况，别的一概不知。”

陈老总说：“我第一天看了这个案子，是觉得有些古怪，这个案子有问题啊。”

“有什么问题？我正想请教呢。”

“人死得古怪，一个尽管是被犯人用砖头打死的，但是手却在死后被炸掉了。另一个人受的伤应该不至于死掉，但是解剖结果是死于心肌梗死。而且，村民见过另外两个医生打扮的人，这四个人全部都是来路不明，查无此人。院子里面还有厚厚的一层灰黑色的灰，分析结果也很古怪。刘队你说呢？”

刘队说：“陈老总说得没错。”

“那您是觉得，这个案子里面的一些人身份很神秘？”夏专员接着说。

“是啊。尽管我们抓到了杀人的凶手，但是他只承认杀人，别的什么都不肯说。”陈老总说道。

“是这样吗？陈老总真的不知道犯人交代的杀人理由？”

“夏专员你说的哪里话，我今天才是第一次见到这个犯人。”

“呵呵，陈老总啊，你知道就知道嘛，何必搞得这么见外？有些事情，你知道了，说出来还是好的。”

“夏专员，我这就不知道你是什么意思了？”陈老总似乎有些生气，说话的口气开始生硬起来。

“陈老总，知道就是知道，不知道就是不知道。”

“我不知道，小夏同志！”陈老总明显的改口，已经足够证明他在生气。

“陈老总，你不要生气。我问你，是不是你知道的东西结果不是你想要的？”

“小夏，就算你是上面委派下来的，说话也要注意分寸！”陈老总重重地哼着。

“陈老总，那我请问，你是不是以为我是第二通道下来的人？”

“你什么意思，什么第二通道！”陈老总的话有点发软了。

“呵呵，你不要继续装下去了，你是不是以为，你掌握了一些信息以后，就能进入第二通道，飞黄腾达？”

“小夏，我再次警告你一次。你不要胡说八道！”

“得了，陈老总，你在几年前塔河的犯人口中传达出来的一些信息，经过分析，发现了第二通道的存在，你知道只有依靠一些关键信息才有可能进入第二通道。所以，这个案子你特别感兴趣。”

“小李，把车停下。”陈老总命令道。

那个司机把车停下来，呆呆地看着陈老总。

陈老总一张平常的脸突然如同恶鬼一样恐怖，他恶狠狠地说：“小夏同志，也许你真的有些神通广大，但是，我告诉你，每个人都不是你想象的这么简单。”

“陈老总，你的不清不楚的存款有9800万，这些足够你掉脑袋了。”

“放屁！”陈老总的脸涨得通红，“小刘，我命令你，叫这个人下车。一切责任我来承担。”

“我不敢……”刘队小声地说道。

“你！夏专员，请你下车！后面有车接你！”

“哦？我要和犯人在一起。”

“随你的便！”陈老总已经不像一个正常人了。

“谢谢，不过我不会下车。而且我要告诉你，你怀疑这个事情是C大队的事情，但是你失算了，这个事情比C大队更古怪。你惹祸上身了。”

“你住嘴！”

“你以为你找到C大队的事实的物证，就能靠着C大队的资料进第二通道吗？你错了，你的好奇心和欲望害了你。”夏专员继续冷冷地说。

“哈哈哈，你是个疯子！告诉你，这里是我的地盘，我就是这里的皇帝，你以为你会活着回去吗？”陈老总掏出一支枪指着夏专员。

“哦！你是打算杀了我吗？”

“小李，杀了他！”陈老总吼道。

小李也掏出一支枪，指着夏专员的脑门。

“刘光，今天的这一切我告诉你，是因为有人疯了，威胁政府官员！”

然后陈老总用枪指着刘队：“你最好不要动，你知道我是西北第一枪，你只要一动，我就会要了你的命。”

陈老总瞪着刘队，沉沉地说：“小李，开枪。”

嗵的一声枪响，还是消音手枪，一片血花飞溅开来。

我也惊得闭上了眼睛。

十八　我只是一个诱饵

我睁开眼睛。司机小李正吹着自己的手枪，说道："真麻烦！"

夏专员正掏出白色的手绢擦着自己的脸。

那个陈老总的头血淋淋的，歪倒在一边。那个司机小李上去摸了摸他的脖子，回过头来呵呵一笑："这鬼东西血还真不少。死了，应该没有痛苦。"

刘队接过话去："唉，又多了一个畏罪潜逃的。"

夏专员接过话去："大狗啊，你就是有个毛病，心软。"

刘队只好笑了笑，伸了伸身子："这老狐狸的好奇心害了他。

唉……”然后，又意味深长地看了我一眼。刘队和我说过不要再说第二次，结果我说了，那个听到的陈老总就死了。

夏专员也笑了笑，转头看了看我，看到我一脸的惊愕，拍了拍我的肩膀，笑了笑说：“别害怕，我们就是 C 大队的。这些都是我的同事。我们是来保护你的，你不要害怕。”

司机小李也笑呵呵地和我打了个招呼，好像刚才杀人的事情没有发生过。

夏专员对我说：“我叫夏阳，不过，你可以叫我山猫。”

这一切的发生都只是在短短的几分钟，我的大脑已经转不过来了，突然出现的 C 大队，刘队身份的转变，也着实让我吃惊不小。这种当场击毙人的场面，我也是第一次见到，老实说，比 A 医生销毁人的场面更为血腥。我只能张着嘴，啊啊地说不出话来。

夏阳对小李说：“剩下的事你知道该怎么做。我们先走了。”

小李答应道：“明白。”

于是夏阳和刘队就拉着我下车了。那辆帕萨特就一溜烟地跑开了。

刘队把我的手铐、脚镣都解开，让我能够轻松地步行。夏阳带着我们绕下公路，拣小路熟悉地带着路。

刘队看我还是一脸铁青，只是紧紧地抓着我，并不和我说话，而是和夏阳聊了起来。

“山猫，我真是服了你，你怎么知道陈老总会叫我们坐一辆车呢？而且他在什么地方停车，你似乎都算计好了。”

“呵呵，陈老总这点心思还琢磨不透，我还干什么啊！”

“这个家伙和陈老总说的话，老鹰他们都听到了吧？”

“哦，一直在监听，一字不漏。”

我就有点纳闷，他们怎么可能听到我和陈老总在车上的对话呢？司机小李也不可能将信息这么快透出去。唯一的可能似乎就是小李身上有窃听器一类的东西。

“唉，我是不想知道这么多，光听这小子说了一段，我就知道这个事情麻烦可真不小。我这次又该往哪里调动了？找个好点的地方。”

“大狗，你这个家伙真是不争气，老鹰这么器重你，你非要干些苦力活，和我在队里面搭档一下，不是挺好吗？”

“我还是觉得过得像个老百姓比较好。太复杂的东西，我想着都头疼。”

“哼，就知道你要这么说，这次你暂时不调动，先执行护送任务吧。”

“哦，又是护送到总部啊。”

“那还去哪里？安乐窝？”

这两个人就呵呵地笑了起来。

第二通道，C大队，对我来说完全是陌生的词语，尽管听了一路，但是我还是如同小学生听大学教授讲课一样，一窍不通。只是大概理解了，第二通道似乎是一种什么体系，C大队是一个神秘的单位。他们和蓝制服有关系吗？夏阳说他们来保护我，是真的吗？看起来，刘队、夏阳他们似乎也是在调查蓝制服和A医生的事情，他们是蓝制服他们的死对头吗？

胡想了一路，才总算平静下来一点，我问夏阳："哎……你们……带我去哪里？"

夏阳看看我，笑了笑："带你走啊，你还想待在这个地方啊。"

刘队也拍拍我："相信我，我们是保护你的。"

我"哦"了一声，又问："那我老婆，你们也能找到吗？"

夏阳的脚步顿了一顿，说："我们会安排，你们暂时不能见面。"

我似乎觉得他的意思是说雨巧他们也找到了，但是现在不能见到我。不管事实如何，我至少觉得有了一线转机，我和雨巧在未来是有机会见面的。想到这里，我的心情总算好了起来，刘队尽管紧紧地抓着我，但是我也第一次感觉到了安全，身边的人不是敌人，应该是伙伴，哪怕只是出于保护我的目的。

又绕了几个弯，前方的拐角处现出了两辆黑色的汽车，有三个人已经站在车边等候着，都穿着平常不过的衣服。看到我们过来，也是笑盈盈地打了个招呼，其中一个人戴着副眼镜，看着很斯文，迎上来一步笑呵呵地问："解决了？"夏阳笑了笑："解决了。小虫去处理后事了。"眼镜看着刘队也笑了笑："大狗，这次你是不想回来都不行哦，谁叫你立了功。"刘队摸了摸头："麦子你别笑话我了，还不是老鹰这么指示的。"

这个叫麦子的仔细打量了我一下："就是他啊？闹得惊天动地的，本事也真不小哦。"

刘队说："是这个小子，从合尧县调过来的资料也证明就是他。"

麦子说："大狗你这次执行护送任务吧，黄山跟着你。"那边的人冲着刘队和我笑了笑。

麦子又对着我说："李胜利，这次要委屈你一下。"我一愣，我这个名字很久很久已经没有人提起了，我自己都快忘了，这个人怎么知道我的名字？

然后麦子从衣服里面掏出一个金属筒子，说："我必须要给你注入一个定位装置，以方便我们能够找到你，这也是为了更好地保护你。"

那个筒子一拿出来，我就感觉到刘队的手微微地一震，似乎这个东西他看了有些害怕似的。

夏阳也过来拍了拍我："只是在你的皮下植入一个信号发射器，没有问题，只有一点点疼痛。"

刘队嚷了一句："他也要……"

麦子递出来一个眼神，尽管他看着斯斯文文的，那个眼神却是冰一样的冷，让我也心中跳了一下，不过麦子很快眼神就又温柔了下来："安全第一。"

刘队和夏阳什么都没有说，黄山和另外一个人也过来帮忙，撩起了我的衣服，麦子在我肚子的最上方摸索了一下，把这个筒子贴近了我的皮肤，说："千万不要动，只有一点点疼。"然后我觉得嘭的一下，一个热乎乎的硬物打入了我的体内，并立即膨胀了一下，一阵剧痛，我"啊"的一声叫了出来。

麦子已经将那个筒子拿开了我的身体，额头上似乎还有细细的汗珠。他说：“三分钟之后就不疼了，你坚持一下。”我低头一看，我的肚子和肋骨交界的地方，一个小指头那么大的洞口，正向外冒着血。黄山迅速地拿出一块胶布一样的东西将我的伤口盖住，我已经疼得话都说不出来了。

那个东西在体内停下来，膨胀了一下，然后似乎又有些转动，搅动着我的身体，那疼痛就一阵阵地袭来，不一会儿，我的额头上就布满了汗珠。

麦子说：“不好意思，忍一下。山猫，我们走吧。大狗，你们开那辆车。”

我疼得天昏地暗，被塞到车里面，疼得弯下了腰。车已经发动，刘队坐在我旁边，黄山开车，车扬起一阵尘灰，沿着小路开了出去。

车开出了几分钟，我的这种剧痛才慢慢地停歇了下来，尽管不疼了，但还是明显地感觉到那个东西似乎已经牢牢地抓住了我的肉。我喘着气，慢慢地坐起身。刘队拍了拍我：“好点了吗？”我“嗯”了一声。

“最近这两天还会发作，你忍着点，有心理准备就好。”

“哦，谢谢。”我转念一想，莫非刘队身上也有这个东西？

黄山也转过头搭了一句：“你千万不要撕掉那个胶布。”

“好的。”转眼就看到刘队也在摸自己的肚子，一脸的回忆。

“我们要去哪里？”我问道。

“一个地方。”刘队平静地回答。

“那是哪里？”

“不远，开一天车就到了。”

我知道刘队绝对不会说，也只好懒得去管。闭着眼睛回忆刚才那些惊心动魄的情节，从我被抓住到现在，也就不到一天的时间，但是这一天的经历已经足够一个普通人穷尽一生的时间去琢磨了。

就算我工作的时候，再大的场面，也没有出现过这么多神秘又有特点的人物，一个个似乎都是从天上掉下来的，五花八门，形形色色。一张平常人的面孔背后，都隐藏着骇人听闻的故事，我以前平静生活的周围，是否这些人物也时刻围绕在我的身边？

雨巧是否也落在了他们的手上？我相信既然连给陈老总开车的小李都是一伙人，那么他们找到雨巧的可能性非常的大，那他们会怎么跟雨巧说，会说我还平安吗？

从以前的蓝制服到现在的第二通道、C大队，我真是有点糊涂了，我一直以为神秘组织最多只有一个，但是腾地一下又钻出来第二个似乎和蓝制服针锋相对的组织，是不是恶人自有恶人磨的道理？这个世界上也许不存在绝对的强权，再恐怖和强大的组织的背面，也许永远有一个或者几个对手在时刻盯着他，一旦找到机会，就会举起利刃，毫不留情地刺下去。

唉，我叹口气，这个世界我不知道的东西还太多太多了，也许一觉醒来，才发现是南柯一梦而已。

这辆车一直不停地在疾驰着，车上备着汽油和食物，中途只是偶尔下来加一次汽油，并解了个小便，然后其他时间都在车上。刘队和黄山中间也换了几次手，都是一换下来就打瞌睡，可能是他们一直开得都很快的原因吧。

这样持续不断地开了十几个小时，终于看上去应该逐渐走进了内地，一路上人和车都渐渐地多了起来，经过的镇子和小城市也都看上去繁华多了。这时候天刚蒙蒙地亮了，我们驶入了一个山区，车在并不是很平坦的道路上飞驰着，剧烈的颠簸几乎能够让人的肺都跳出来。

刘队很疲劳地又换了下来，冲我笑了一笑："快到了。"

我坐得屁股都要开花了，还是生平第一次坐这么久的汽车，于是一脸愁容地说："你们也真够辛苦的。"

"没什么好辛苦的，习惯了。"刘队伸了伸懒腰，边伸边说，"你是不是很想知道我们到底是谁？"

我来了点精神，连忙回答道："是啊！是啊！能说一下吗？"

"我们啊，"刘队把懒腰伸完，看着我说，"你觉得呢？"

"是特种部队吗？"我问道。

刘队眼光闪了闪，突然把我的衣服一抓，脸凑过来，恶狠狠地盯着我："告诉你，我们是魔鬼！"蒙蒙亮的早上，加上黑漆漆的车里，刘队的脸显得格外的狰狞，那两个眼珠子似乎也在发着红光。

我吓得全身都抖动了一下，双手立即去抓住刘队的手，哪里还有什么睡意！

汗毛顿时竖了起来。那一刻说什么我都能相信，因为这一切在我看来本来就不是人间应该发生的事情。我用力掰动着刘队的手，口中叫着：“你……你……”

刘队把手一松，突然哈哈哈哈地笑起来，我是又怕又惊，看着他的样子，自己也缩着脖子。黄山在前面也哈哈笑了起来：“我说大狗，你不说就不说，还吓唬别人干什么。这个大狗的名字还起得真好呢。”刘队哈哈笑了笑，手伸过来拍了拍我：“是不是很刺激啊。还累不累？”

我真是想哭又想笑，这个看上去只比我大上三五岁的刘队，有时候像个小孩子一样，还喜欢恶作剧。我放松了心情，也赔着笑了两声：“人吓人会吓死人的。”刘队继续大声地笑着：“你啊，有时候还真有趣。如果你我不是这个身份，也许我们还能做个朋友。是不是啊？”随后把我大腿一拍。

“您抬举我了。”我也情不自禁地乐了起来，这个刘队搞气氛的功夫真是一流，从抓到我用的小花招，到审讯的时候做戏，然后当着陈老总的面装傻充愣，大喊不是我说的。这个家伙如果不干这行，也许是个挺不错的真警察。

“活动一下，换换脑子，也不错嘛。是不是黄山，精神点了吧？”刘队还在调侃着。

“是啊。真有你的。”黄山也应和着。

这一车游走在生死边缘的三个人，如同回到了无忧无虑的童年一样，一下子轻快了起来。

又开了一会儿，黄山突然“呀”了一声，刘队一个翻身坐起来，问道："怎么了？""有些怪东西。你看看。"黄山说着将车上仪表盘下方的一个东西拽下来，递给刘队，"你看看。"刘队接过来，是一个挺大的液晶屏一样的仪器。

刘队扒拉着这个东西，问道："还好啊。"黄山说："你倒回去点看记录重播。"刘队操作着，过了一会儿说："什么东西飞过去了？""不是鸟，鸟的信号不是这样的。你看它们拐弯。"

"绝对不是鸟。什么东西？"

"被发现了？"

"不会，不可能！除非有人泄密！"

"谁敢泄密！你别胡说，你再看看，是什么东西？"

"动作太快了，这里记录的数据也不清楚，不是鸟，不是飞行器。"

"那是什么，是人？"黄山嘴里迸出来一句。

"是人就糟了！黄山，快开吧！"刘队吼着。

黄山一脚油门踩到了底，这辆车如同过山车一样几乎贴着地面飞了起来，这可是山区啊。这黄山的驾驶技术也真是一流。

"奶奶的，又回来了！三千米外！"刘队吼着。

"立即打报告吧。情况不对！"

"保持速度！我看看到底是什么鸟蛋！！"这时候前排座位的侧包里面发出一阵爆响！刘队一把扯出一个步话机一样的东西，接过来就喊："大狗在79区，有不明物体接近！"步话机里也喊出话来："确定不明物体类型，立即汇报，三组的人马上去接你们。"

“是！”刘队一掌关了这个步话机。

我也跟着紧张了起来，刘队他们说什么，好像他们的人一直都知道一样。刘队又看了看那个液晶屏幕，骂道：“奶奶的，这回是盯上我们了！”刘队从怀中掏出一支巨大的手枪，很像枪战电影上面的那种，银光闪闪的，冲我吼道：“不想死是吧。把我的脚抱着！”然后摇下车窗，将半个身子探出车外，我也立即死死地把他的两条腿抱着。刘队在外面砰砰地放了两枪，然后缩回来，低着头对着自己的肚皮吼道：“能听到吗？是太岁！是太岁！”那个步话机又尖利地响了起来，刘队一掌拍开，里面传来一阵急促的声音：“稳住，稳住！一定要到78区入口！！保护李胜利的安全！这是命令！！这是……”刘队又一掌把步话机拍断，一把丢出车外，冲着肚皮吼道：“少说些废话！”

刚说完，整个车顶突然如同被大石头砸中一样，轰地一下出现一个大坑，那力量之大，让整个车顶都塌了下来，几乎都砸中了我的脸。整个车在地上被冲击得弹跳起来，所有的玻璃一下子都碎掉了。刘队吼着：“这么大劲！”然后又钻出去开枪，砰砰砰，连开了六枪，然后又退回来：“黄山，把你的J3给我。”黄山正在全力稳定住车，却也麻利地把J3从怀里丢了出来。刘队熟练地接住，是一柄黑色的类似刘队的枪，不过在枪头上似乎有个拇指大的突起。刘队吼道：“抱着我的腿！”然后身子又钻出车窗，我把他的腿牢牢地抱着，只听见砰砰嗤嗤连续的枪响。

黄山吼道：“进来，有车。”

刘队猛地一缩，一辆大货车贴着车子滑过，爆发出巨大的喇叭声，然后传来一声巨响，应该是撞到旁边的山上了。刘队嚷着：“没效果！击中无效！”然后挥拳把后车窗打烂，向外面放着枪。

我本来一直低着头，却突然发现车窗外有一道光芒一闪而过，似乎是一个巨大的发光的鹅蛋！

刘队吼道：“操你奶奶，哪个畜生出卖了我们的消息，当我们是钓太岁的饵吗？”刘队不是冲外面吼的，是冲着肚皮吼着！然后把他的枪丢掉，伸出半个身子向前方射击，嗤嗤嗤嗤。

饵，我们是饵，在钓什么鱼吗？我脑中炸响着。

刘队保护我，就是保护我这个饵？刘队就是和我这个饵一样可怜的陪葬品？还搭上一个黄山？

车又被大石头一样的东西击中，整个地跳了起来。

十九 太岁的追击

黄山大吼着："瓜娃子的！"双臂用力地挥动方向盘，车在路上像个醉汉一样摇摆着，发出刺耳的金属摩擦地面的声音，同时车也剧烈地轰响着。

我和刘队在后面像打架一样激烈地互相碰撞着，刘队嘴里也粗鲁地吼着脏话。车刚稳定一点，刘队就吼道："还不来！"

这个时候，车的后部又重重地挨了一记，汽车怪叫了一声，居然被震得跃起，整个地在空中翻了一个个儿，刚一落地，却再也控制不住，轰地冲下了公路。

整个世界都头昏脑涨，我如同一个肉丸一样在车里翻滚着，身体重重地和几乎车内所有的部位亲密接触着，脑袋被撞了几次，轰轰乱响。不知道车翻滚了几次，终于安静了下来。我居然还清醒着，不顾身上的疼痛，我一看，车还是正四轮着地的状态，旁边的刘队满脸都是血，头歪在一边，似乎昏迷了。前面黄山被变形的车前窗卡着，一动也不动。整个车里充满了一股子金属粉末和汽油的味道。

我把刘队拉了拉，他看起来还在喘气。我用手推了一下我这边的车门，只是哐当了一下，似乎被卡死了。我用脚狠劲地踹了刘队那边的车门，门居然晃晃悠悠地开了，我从刘队的身上爬过去，下了车，然后拼命地把刘队拖出来。

刘队的脑门上正汩汩地冒着血，一条腿古怪地扭着，应该是断掉了。我身上到处都疼，脸颊上也有热热的血流淌着。尽管我也应该伤得不轻，却觉得自己还有很大的劲，这个时候我什么都没有管，玩命地把刘队拖开了几大步。

刚要转身回车那里去拉黄山，车却嘭的一声，爆炸了，我被一阵热浪掀倒在地。一抬头，黄山已经淹没在这辆严重变形的车的火焰之中，只看到一点火焰中的影子忽隐忽现。

我只好架起刘队，使劲地向坡下滚去。说滚，是因为我们所处的位置是一个大坡，身边都是胳膊粗的树木，地上一层厚厚的树叶和枯枝断木，我刚拖着刘队走了两步，就两个人摔倒在地，向前翻滚着。我一直死死地架住刘队，怎么也不肯放手，这个时候在我的脑海中只有一个想法：“带他走！”

头顶上传来了古怪的嗡嗡声，我并没有抬头观看，只是带着刘队不停地翻滚着，站起来又摔倒，摔倒了又站起来。好几次刚站起来，就觉得身后像丢下一块大石头一样闷闷地砸向地面，一股强烈的气浪就把我又冲倒在地。如果砸到我的脑袋上，我一定会被击成肉饼。

终于，我和刘队被挡住了，阻止了继续向下的翻滚。这居然是一个大沟，顶上一片石崖像个盖子一样盖在这个沟的上面，我和刘队就是从一个巨大的缝隙处滚下这条沟的。我站起来，把刘队拖起来架着，沿着这条沟向前跑。

一道淡黄色的光芒从沟的上方划过，传来一阵嗡嗡声回响着。

我什么都不顾，拖着刘队向前半跑半爬着。

刘队轻轻地哼了一声："放下我吧。"

我看了他一眼，他眼睛闭着，嘴角在蠕动着。我没有搭理他，继续跑着。

"谢谢你，放下我吧。"刘队身体猛地一挣，将我也拽倒在地。

我沉声地说："起来，我们一起。"

刘队继续挣扎了一下，拒绝了我。

"那是一个已经存在了几千年的组织。"

"什么？"我的动作迟缓了一下。

刘队的眼睛睁了一下，毫无任何的光芒。

"活下去。"刘队继续说，"活下去，解开它。雨巧在那里。快走！"

"不！"我又使劲地想拉刘队起来。

"让我完成我的任务。"刘队一挣，"要活着。"

然后刘队满嘴都涌出血来，睁开眼睛看了我一眼，眼中居然闪出一道光芒：“认识你，我很高兴。”然后头一歪，全身软了下来。

刘队死了……

我能感觉到一个生命在我身边消逝，这个感觉如此的强烈，甚至能觉得一股能量离开刘队的身体，眨眼就消失了。刘队滚烫的身体在我的手中瞬间冷了下去，这个几分钟前坚毅、刚强、幽默的汉子，这个我离开燕北之后第一次信任的男人，就这样，在我手中冷了下去，消逝了……

这就是死亡，安静得如同一个天使。

我滚下两行热泪，把手从刘队的身后抽出来，头也不回地继续向前跌跌撞撞地跑去。我告诉自己：“活下去。”

那嗡嗡声一直在我头顶鸣响着，在我跑出不到二十米，前方一道光闪动了一下，一个东西已经从前面钻进了沟里。

我也不管到底是个什么东西，想都没有想，就连抓带爬地往沟上爬去。刚刚爬出沟，一股气浪就从沟里冲出来，把我顶了起来，飞了一两米，然后重重地摔在地上。我嗓子一甜，吐出一口血。

爬起来想也没有想，继续向前跑去。我的眼睛也开始模糊了起来，前方的景象也迷茫和朦胧了起来，如同一个幻境。

身后又如同在脚边爆发了一样，被更强烈的气浪冲起老高，我向前飞行了一会儿，被一棵树挡住了，摔在地上。我觉得好像胸口的肋骨断掉了好几根，几乎喘不上气，我靠着那棵树，窒息而双手乱抓着，脚也使劲地蹬着。

一团淡淡的光芒就降落在我的面前。

这就是刘队所说的太岁吧？在黄色的光芒中，似乎有另一种隐隐的光芒在滚动和闪耀着，似乎是一个鹅蛋一样的生命。

我看着这个东西，什么反应也没有，也没有吃惊，也没有害怕。那个东西内红光闪动了起来，我再也没有力气，闭上了眼睛。

嗵的一声巨响，如同地震一般的震动。

我意识一乱，什么都不知道了。

迷迷糊糊中，我似乎被一个人架了起来，费力地睁开眼睛，我眼前有一张黑漆漆的金属质地的网扣在地上，网线很粗，有指头一般粗细。在网的中间有一摊黄褐色的烂肉一样的东西摊在地上，莫非那个就是刚才袭击我的太岁？

我定了定神，才难受地又弯下了腰，我的肋骨肯定是断了，我觉得胸部有骨头刺痛着我，全身没有一个地方不难受。

我斜着眼睛瞟了一下扶起我的人，穿着深绿色的制服。

这个时候，我才发现我身边的人已经越来越多，都在紧张地喊叫着什么，乱糟糟的，什么都听不清楚。我知道我得救了，于是眼前又一黑，昏了过去。

这是一个如此漫长的昏迷，以至于我醒来的时候，觉得如同隔世。

我躺在一张软软的宽大的床上，盖着洁白的被子，房间里光线柔柔的，让我睁开眼睛的时候并不刺眼。我稍微扭动了一下，全身都似乎绑上了绷带，让我不能轻易地活动，并且伴随着一阵阵的疼痛。

一个温柔的声音传来，是一个女子的声音："他醒了。"

一阵脚步声传来，一个男人低着头看着我，我挣扎着想坐起来一点，但是被一只有力的手按住了："你躺着，不要起来。"

我看过去，是夏阳，刘队的搭档。我的心踏实了一下，又平静了下来。

夏阳看我又平静下来，吩咐那个女子："请叫老鹰过来吧。"

那女子应了一声转身出去了，是个穿着白大褂的女子，个子很高。

夏阳在我的床边坐下来，小声地问道："李胜利，你能听到我说话吗？"

我点了点头，微微睁开眼睛看着夏阳。

"我是夏阳，你不要担心，你现在很安全。"

"这是哪里？"我低声地说着。

"这是 C 大队的总部，你现在很安全。"

"哦。刘队长死了，黄山也死了。"

"我们知道了。请安心一点，你继续休息，别想太多。"

我点了点头，闭上眼睛。

过了一会儿，门外传来了脚步声，门被慢慢地推开了，一个很浑厚的男中音说："他怎么样？"

夏阳回答："很清醒，但是很虚弱。"

"好，可以和他说话吗？"

"应该可以。"那个女子的声音很温柔地说，"不过他还是很虚弱。”

“我知道了。”

然后这个人坐在我身边，看到我也半睁着眼睛注视着他，微微地笑了一下。

这是一个看起来很有威严的男人，看起来大概四十岁，眼睛不大，但是炯炯有神，似乎是那种能够把人看透的目光。

“你好，李胜利。”这个人低低而慢慢地说。

我睁开眼睛，也勉强着笑了一下：“好。”

“我们能聊一下吗？”这个男人说。

“能。没问题。”我尽管还是昏沉沉的，但是我知道我的大脑已经在清醒的状态中，知道我在说什么。

“山猫、小田，你们出去吧。把门关上。”这个男人吩咐道。

“好的。”山猫答应着。那个应该叫小田的女护士也低低地应了一声，和山猫一起出去了。

这个男人看他们出去了，转过头看着我问道：“介意我问你一些问题吗？”

“好。”

“自我介绍一下，我叫老鹰，是C大队的。”

这个老鹰的名字我从刘队和夏阳的嘴里听到过，从他们的语气看，这个叫老鹰的男人应该是C大队非常高级的人物。

“听到过。”我回答。

“你的事情，我们大概都知道了。你和那些追杀你的人熟悉吗？”

“不熟悉，只知道有一个人曾经是我公司的老板。”

“哦，是叫吴建军吗？”

“应该是。”

“那你现在对这些人有什么了解呢？”

“没有，完全不了解。”

“你身体里是不是有什么你觉得不正常的东西？”

我把眼睛睁大，看着这个叫老鹰的男人。这个男人很平静地看着我。

“是的，我身体里有东西。”

“能告诉我大概是一个什么样的东西吗？什么感觉？”

“说不清楚。似乎是一个动物，又好像是一个机器。”

“你怎么能够确定那是一个动物？”

“我不能确定，我只是凭感觉。”

“那它在你身体里的哪个部位？”

“最开始在后背上，后来我用刀刺了一下以后，就不知道它在我身体的什么地方了。”我本来可以说，这个东西可能在我的脑袋里，但是，我总觉得这个老鹰是那种什么都干得出来的人，尽管看着很平静，但是我的确从第一眼看到他，就很害怕他，这种害怕是一个弱者见到强者的那种敬畏和畏缩。不管再如何害怕他，我也绝对不能说它在我身体的哪里，这似乎是一种大脑里的潜意识，这种潜意识一直在告诉我，不能说，不能说。

“嗯，我知道了。你是不是很想知道追杀你的人的身份？”

“是的，你知道吗？能告诉我吗？”我听到老鹰这样说，突然异常的兴奋起来，居然一使劲将自己撑了起来。

“你躺下。”老鹰轻轻地拍了拍我的肩膀。

我顺从地躺下，生怕他不说，眼睛直勾勾地盯着老鹰。

“刘队应该最后和你说过，那个组织成立了上千年。”老鹰沉沉地说着，“其实这也不奇怪，中国成立了上千年的组织除了儒释道和一些公开的教派以外，据我们了解，还有三百多个不被公众了解的组织。不过大部分已经转入地下，不为人知或者消亡了。”

“三百多个？”

“是的，你接触到的应该是我们掌握到的最大，也最神秘的一个组织。他们的历史从唐朝就开始了。”

“唐朝？”

“是的，他们一直是一个非常神秘的不公开的组织，我们知道他们的存在也是最近几年，他们的活动越来越频繁。而且，并不知道他们要干什么。”

“那个袭击我们的叫太岁的东西也是他们的吗？”

“是的，太岁在中国历史上出现了多次，如果我们没有弄错，太岁这种东西，是被他们直接控制的。但是太岁是怎么来的，是个什么东西，他们怎么控制的，这都是未解之谜。”

“那我能做什么？”

“呵呵，你问得好。你要知道，你身体里，你觉得存在的那个东西，可能就是太岁。”

“我，身体里，有太岁，那个东西？”我惊讶得一字一顿地说。

“我们还不能确定，这也只是我们的猜测。他们似乎一直在选择人。并且在这些人的身体里放置什么东西，但是我们并不知道他们会选择谁，以及选择的规律，也就是不知道什么原因他们会选择了你，结果你却带着那个东西逃脱出了他们的控制。结果是，他们的反应非常大，几乎全国都在寻找你。我们也利用这个机会掌握了他们的一些情报。这也是一个揭开这个组织秘密的大好机会。”

老鹰顿了一顿，慢慢地似乎很不情愿地说：“我们叫这个组织为深井。”

“深井？”

“这只是一个我们内部的叫法。你喜欢叫什么都可以，比如叫蓝制服？”老鹰冲着我笑了一下。

“嗯。”蓝制服是我对他们的叫法，这些老鹰都知道，估计得益于我在轿车上和陈老总的“坦白交代”。

“现在你就是解开深井秘密的关键，你能够配合我们吗？”老鹰牢牢地盯着我的眼睛，慢慢地说。

“我……我……我应该可以。”我脑袋中乱得很，老鹰的目光让人简直不敢拒绝他，也只能这样回答他。

“好，我就说这么多。你先好好地休息。我会再来看望你，你在这里会很安全。”老鹰微微地笑了一下，拉了拉我的被子，站起来转身就向门口走去。刚要拉开门，他突然转过身，对我笑了一下：“你可以问山猫一些你想知道的。不用客气。”然后步出房门，把门关上了。

这个老鹰的形象就像刀子刻在我脑海中一样，牢牢地记住了。

坦白地说，这个老鹰说的话我并不是听得很明白，他说的一些东西合理却又不可思议，听起来好像是和我说了不少的秘密，但是仔细地回味，还是一片迷茫，说了和没有说一个样。但是我又不得不相信他说的那些，而给予他一定的信任。老鹰好像是一个有魔力的男人。

一会儿，那个叫小田的护士轻轻地进来了，她把门关上，轻轻地坐在我的床边。

她很漂亮，是一种非同常人的漂亮，几乎不像凡间的女子。她伸出手，软软地放在我的额头，一双水灵灵的眼睛看着我，居然让我心中一阵害羞，躲避了一下她的眼神。她温柔地说：“你恢复得真的很快。”

然后把她的嘴向我的脸凑过来……

二十 五个人中的一个

我一阵面红心跳，逐渐感到她的呼吸就在我的脸上方不远处停了下来。我偷偷地看了她一眼，她伸出手摸了我脖子的皮肤一下。

我“啊”了一声，把脸转过去对着她。她却并没有像我一样，似乎没有一点点的羞涩。

她用手指对着我脖子上的一块皮肤轻轻地按了两下，说：“你脖子上有一个斑呢。”

啊？我听到这句话立即全身鸡皮疙瘩嗖嗖地冒了出来，那种害羞马上躲到了九霄云外，对于“斑”这个字，几乎如同怕鬼的人听到有人叫“鬼”一般。

我紧张地问：“什么斑？”

小田笑了笑：“怎么这么紧张？就只是一个斑啊。”

“我能看看吗？”我追着问。

“好。”小田答应了一声，从兜里掏出一个很精致的化妆盒，打开，里面有一个小镜子，“给你，你自己看。”

我艰难地伸出手，发现我的手和手臂上都打着厚厚的绷带，以至于根本没有办法抬起来。

小田笑了一下：“我拿着你看吧。”然后帮我照着。

这个化妆盒一靠过来，就有一股幽幽的清香传入我的鼻子，弄得我心中又是一荡。定了定神，我用镜子照着看了一下我的脖子。

果然，在我的脖子左右的正中间有一个指甲盖大的斑，紫红色的。不过我仔细看了看，和以前我背上的那个斑差别还是非常大的，似乎是一块瘀青。我想伸出另一只手按一下，却也是动也不动。

小田知道我不能动，甜甜地一笑：“是不是想摸一下？我帮你。”然后又把手指伸出来，在我那个斑上面轻轻地按着。“疼吗？”小田问我。

“不，不，不疼。”我的脸又唰地红了。

“那痒痒吗？”小田又用手帮我抓了两下。

“不，不，不痒。”我慌乱地回答。我这辈子住过两次医院，一次是一个凶悍的老护士凶悍地对待我，一次是一个肥胖的女护士对我爱理不理的，怎么到这个不知道是不是医院的地方，却碰到这样一个不像凡间女子的美丽温柔的护士？

“那奇怪了，待会儿土大夫来看你的时候，你问问他吧。”小田笑嘻嘻地把镜子拿起来，那双水灵灵的眼睛对我眨了眨，“应该只是瘀青啦。不要紧的。”说完就盈盈地站起来，站在旁边收拾起什么东西来。

门又被推开了，山猫没有什么表情地进来，走到我床边看了看我，问：“现在想休息吗？”我回答“还好”，然后很快地又瞟了小田一眼，小田也冲我一笑，我脸就一阵红。

山猫说：“你先休息吧。我以后再来看你。”然后站起来，对小田咳嗽了一声，“嗯，你注意点！”小田好像很害怕山猫一样，马上把头一低，小声地说：“是！”那样子真是很让人怜爱。

我似乎也觉得山猫是在警告小田不要对我太过分，于是安下心来，很快又沉沉地睡过去。

很快，我被尿憋醒了，估计是打吊针打的。我有点着急，这该怎么办？看到小田正坐在旁边看一本书，我不知道怎么说。最后实在忍不住，鼓起勇气说：“哎，大夫……”小田马上抬起头看着我，问：“什么事？刚才睡得还好吗？”“还行，我……那个……你……”

“是想小解吗？”小田马上笑盈盈地问。

“啊……是……我自己来……”我如同被抓到把柄的小孩子，真不知该怎么说。

“我来帮你吧。”小田起身从我床底下拿出来一个很小巧的带一个喇叭口的塑胶器具。

“不要，不要，我自己来。”我挣了挣想坐起来，但是发现不太可能。

“没事的，这两天都是我帮你的呢。”小田似乎毫不羞涩地靠近了我。

“不、不、不，我自己来……”我一下子就慌了神。

“没事的。”小田根本没有搭理我，手一下子就拉开我的被子，将那个东西放到我的下面。我手都没有来得及抵抗，就觉得一只软软的手将我那个东西拿住放在了喇叭口里。

“我……”我真是不知道说什么才好了。

“我不看你的。你解吧，别紧张，乖。”小田轻轻地笑着，看得出她脸上似乎也有一点红润。

我根本解不出来，一只手仍然拼命地想去扶着那个塑料容器，这真是一种折磨……男人越紧张就越尿不出来，挺长时间了，我才终于厚着脸皮，脸上发烫地解出了小便。小田把容器拿下来，居然又迅速地拿起我那个东西用纸还是什么东西擦了一下，然后迅速地将这个害人棍放进我的裤子里面，等我反应过来的时候，那个小东西已经有点膨胀了。唉，杀了我吧，这辈子就数这个事情最丢人了。

我再也没有睡着，一直觉得自己很丢脸，脑袋里想着自己真不争气，这点小事就兴奋起来，雨巧请原谅我吧，我真的不是故意的。

过了一阵儿，门外传来了杂沓的脚步声，一群人进来了。

打头的是一个戴着黑边眼镜的中年人，穿着白大褂，后面跟着那个叫麦子的男人，再后面是山猫。

白大褂走到我面前，打量了我一下，问小田："都还好吧？"小田回答："一切都很好，刚才小解了一次。"我一听脸就又唰地红了。

这个白大褂根本没有搭理我，拿出几个小仪器一样的东西在我身上按按戳戳，一会儿才说："恢复得很快。"

"土大夫，他脖子上有个斑。"小田说。

"哦，我看到了。没事，是块静脉瘀血，过几天就好了。"土大夫回答道，然后看着我说，"你身体很好，不用担心。"我点了点头，看到这个土大夫的眼神一直在我那个斑那里晃来晃去，倒觉得很有些奇怪。

麦子靠过来，问我："记得我吗？"我点了点头，回答："记得。"

这个麦子很客气地笑了笑，拿出一个仪器在我肚子上方悬停了一会儿，说："土大夫，运行正常。"土大夫"嗯"了一声，又看着我说："你多休息一下，明天要麻烦你配合我们做几个化验。"我也配合地点点头。

山猫也显得比较关切地看了我一眼，说："你好好休息。"

于是一行人又出去了，脚步声很快远去了。

小田过来把我被子整理了一下，说："有事你就叫我，我叫小田。我不在你就按你手边那个按钮。"说完把一个带着线的按钮放在我手边。

"好的。"我还是一阵脸红。

这样沉沉地又睡了过去，第二天我手臂上的绷带和夹板被拆掉了，一些地方也换了药，改成比较轻快的纱布包裹着，身体也觉得有劲了，我自己都觉得我真的恢复得很快，肋骨尽管还有点疼，不能剧烈地扭动身体，但是小便的时候，却也不必让小田那样帮我了。

小田见我绝对不愿意她帮我，也笑得很甜。到底是叫小田还是小甜，我觉得可能应该叫小甜。

中午小田喂我吃了一些流质的食物，到下午的时候，土大夫带着另外两个护士进来了，长得比小田差点，但是也属于非常漂亮的美女了。我心里纳闷，这里是什么地方，男人一个个的都是看着阴沉沉、神秘兮兮的，女人却都一个个的标致漂亮单纯得很。

我被安放到轮椅上，终于第一次出了这个房间。这是一条看起来很干净，但是显得很老的一个通道，墙上挂着很多的指示牌，用英文大写写着很多代号一样的文字，并有箭头指示。这个地方分岔路口很多，我绕了一会儿就觉得自己已经迷路了，小田推着我，土大夫在前面熟悉地带着路。一路几个行色匆匆的、穿着深绿色制服的男人夹着又大又厚的文件袋擦身而过，只是和土大夫打个招呼，对包括小田在内的三个美女护士都是视而不见。

从一个电梯下来几层，一出电梯就看到几个大大的玻璃房子，里面有不少仪器和人在里面穿着白大褂戴着口罩忙碌着。我被带到一个很大的玻璃房间，被扶到一个很干净的大床上，然后一个巨大的仪器就从天而降，是个半环一样的机器，在我身上上上下下地慢慢游移着，似乎在找什么东西，持续了挺长时间才停止下来。也没有人问我什么，我就被带到另一个玻璃房间去了。

连续过了几个房间，都是一些巨大的机器将我从头到脚地盖住，有的还会抽我一些血放进去，有的则是在身上密密麻麻地粘满了金属条，有的则是不断地发出各种颜色的光，将我眼睛晃得五光十色的。

这个下午就这样度过了。没有人和我说什么，也没有人问我什么，我就傻乎乎的他们要求我干什么，我就干什么。

回到病房，那个小田笑盈盈地问我："还习惯吗？"

我支支吾吾地回答："还好。"然后在小田的帮助下，躺在了床上。

我看着小田又在旁边忙忙碌碌的，心中的疑惑也逐渐地升腾起来。

"小田护士，请问，这里是什么地方？"

"哦！"小田答应了一声转过来看着我，"这里是C大队的总部啊。"

"是在什么地方啊？我看着好像是地下……"我问道。

"这里就是地下。"小田笑了笑。

"今天我看到的那些机器都是做什么的呢？"

"这个嘛，我也不知道。我只负责照顾你这样的病人。"

"你也是C大队的吗？"

"应该是吧，我也不知道我是不是C大队的。"

"那你怎么来这里的都不知道吗？"

"不知道……"小田的声音低低的，手上也不麻利起来，看起来，她似乎并不愿意回答我这个问题。

“你是不愿意告诉我吗？”我又问道。

“不是，我是真的不知道。我只记得我很小很小的时候，就在这里了。”小田背过身去，不再让我看到她的脸。

“你都没有出去过吗？”

“我……从来没有出去过……”小田的声音听着很不对劲。

我突然从心里升起一阵痛楚，这个叫小田的护士，似乎是真的从来没有离开过这个地方，这是多么悲惨的事情。

“那你知道外面的世界吗？”

“知道啊，有电视可以看。我其实也很想出去看看。”小田突然又开心了，甜甜地笑着对我说，“不过我在这里很习惯呢，一点都不闷。要到外面的世界，我还真有点害怕的。”

是啊，外面是一个残酷、残忍、变态，充满了物质、欲望的世界，与其去感受那个痛苦，不如留在这里算了。我没有打算继续问这个问题，于是岔开了话题。

“这里好大啊！有多大啊？”我问道。

“我也不知道有多大，反正是很大很大的，好多地方我都不敢去，因为会迷路的。”

“难道这里没有什么人吗？”

“人很多啊，但是很多地方都是一个人都没有。”

“你也没有朋友吗？”

“有啊，我有好几个好姐妹啊。”

“那你们都是照顾些什么人呢？”

“什么人都有，好多人都很可怕的。有的一句话都不说。”

“啊？”

“你很有趣的，话很多，而且人也很好玩。”小田甜甜地笑着看着我。

“哈，是吗？”我觉得挺有趣的，我这么几句，小田就会觉得我很有趣，看来是没有人和她这么拉家常一样说话。

“嗯。”小田重重地点点头，笑眯眯地又开始收拾她的东西。

我深深地吸了一口气，看来从这个小田的身上几乎是问不到任何有价值的信息了，不过我还是尝试着问了一句：“那你知道什么是太岁吗？”

小田一顿，身体颤抖了一下，她赶紧说：“我不知道的。”她越是这样，我越觉得她知道点什么。于是我把自己撑起来，追问着：“你知道的，你不愿意告诉我吗？”

小田似乎有点害怕地身体扭动着，连续而急促地说着：“我不知道的，你不要问我，我不知道的。”

我说：“不要害怕，能告诉我吗？”

小田转过身来看着我，脸都似乎有些变形了，她很尖锐地说着：“我不知道，你不要问我，不要！”然后一下子从我的房间跑了出去，重重地把门关上了。我勉强着自己从床上挪了下来，缓缓地靠近房门，房门锁上了。这是一扇如此坚硬和宽厚的房门，现在小田一走，我突然觉得这间房子其实就是一个牢房，冰冷冷的，毫无生机。

我从房门的一个小窗口望出去，外面灯光并不明亮，在眼光能够看到的地方，长长的走廊几乎是无限制地延伸着。

我敲了敲门，喊道：“有人吗？”

没有人回答我，这里似乎是一个死掉一般安静的地方。

我突然一阵慌乱，心中发毛，我如同困在一个孤岛上的小蚂蚁一样，那么的无助。我又用力敲了敲门，还是没有人回答我。这种感觉真的如同世界只有我一个一样。

我坐在床上，没有了小田的屋里，也是如同死一样的安静，静得几乎都能听到自己的心跳，咚、咚、咚……

我突然又想到了雨巧，她在哪里？也在这里吗？也许就在我的隔壁。一想到雨巧，我的心又剧烈地绞痛了起来。她胆子小，如果关在和我一样的屋里，她一定会非常的害怕。

我忍受着，觉得自己从一个陷阱又跳入了另一个陷阱中，甚至开始恐惧起来，如果我一辈子都坐在这个小屋子里，我该怎么办？我也会和小田一样，永远看不见外面的世界吗？越想越觉得恐怖，于是又站起来拼命地敲打房门，大声地呼喊着：“有人吗？有人吗？”

没一会儿，一张熟悉的脸出现在我的面前，是山猫。他在旁边的墙壁上按了几下，门打开了。

他钻进来，把我拉住，让我回到床边上坐着，然后严肃地看着我：“不该问的东西不要问！你还想活下去就不要想了解得太多。”

我总算平静了一些，只好木讷地答应着。

山猫在屋里背着手来回踱着步，我则呆呆地看着他。山猫踱了几圈，突然问我：“你想知道什么？”

“没有，我就是想知道那个害死刘队的太岁是什么？”

“老鹰不是和你说过了吗？”

“但是……”

“好了，好了，我知道你要说什么。大狗是太岁害死的，但是更是深井杀死的。你想报仇吗？那就把你知道的都说出来，不打掉深井，还有更多你和大狗一样的牺牲者。”

“可是我什么都说了啊。”

“没有！你还有没有说的！你身体里的东西在哪里？你说啊。”山猫突然恶狠狠地盯着我。

“我……我真的不知道在哪里。”我委屈地说，我决定打死也不说这个东西可能在我的大脑里。

“你不怕死吗？你不怕我们把你解剖了，把你全身的肌肉都翻起来看？”

“我怕死，但是我不知道在哪里我怎么说啊。”我也极力地狡辩着。

山猫“唉”了一声：“算了，可能你真的不知道。你要知道，我是为你好。如果找不到那个东西在你身上的什么地方，你也活不下去的。你要记住。”然后俯下身子来，牢牢地盯着我，然后拍了拍我的肩膀，让我全身都颤抖了一下。

山猫呵呵笑了两下，在一旁的椅子上坐下，也不再搭理我。

过了不到两分钟，土大夫和麦子过来了，小田则低着头跟在他们的后面。

麦子进来笑眯眯地对我说：“李胜利，太岁的事情你迟早会知道的，不要着急，我们会在合适的时间告诉你的。”

土大夫走过来让我躺下，又用某个仪器在我身上点点戳戳的，然后重重地哼了一声：“安心养好身体，你还需要更多地配合我们。”然后眼光又落在我脖子上，我下意识地感觉到，他在看我脖子上的那个斑。

小田低着头过来给我打了一针，一会儿工夫我就睡意袭来，沉沉地睡了过去。

以后的几天，小田还是在陪着我，但是我也不敢再问她问题，只是有时候说些外面世界的事情，听得小田总是睁着大眼睛非常好奇地看着我，不断地问：“那后来呢？”这样觉得轻松多了。

我的身体试验还在继续，我坐电梯往下的程度也是越来越深，似乎这是一个没有底的世界，对我的试验也开始变成了一种古怪的身体反应和声音的测试，有时候还有不知道什么人在我昏昏沉沉的时候在我后面不断念咒一样喋喋不休，我还在一个逐渐加快的转盘上面被要求尽力地保持平衡等。

我也知道，他们都是在找我身体里面的东西，而且电梯越往下深入，保安措施就越发严密，很多地方不仅要几个人同时开一扇门，而且还会接受光线长时间的照射才能进入。而且，越往下，机器设备也是从来没有见到过的，人也越来越少，有时候巨大的房间里面只有我和两三个人在，一说话就有持续的回音。

我的身体完全恢复了，这么重的伤，在几天的时间内已经恢复得差不多了，这对我来说是一个奇迹，当然对他们来说也是一个奇迹。

应该是第七天的时候，我被带到地下的一个房间里，土大夫在我身上粘满了金属片，然后把我安排在一个小的金属房间里面，有一个玻璃墙可以让我看到外面。土大夫坐在一个离我不远的仪器旁边，山猫和麦子分别坐在两侧，也在操作着什么。

嗡的一响，我这个房间震动了起来，我渐渐发现我的房间变小了，仔细一打量，才发现是我身边的两面金属的墙壁向我靠拢了过来，而且逐渐合拢的速度在加快。我大惊失色，用力地敲打玻璃墙，吼着：“你们干什么！”但是土大夫只是冷冷地看了我一眼，山猫他们则聚精会神的，连头也不抬。

很快，这两面墙我伸开手就能摸到了，我用手顶着，但是无济于事，这两面墙嗡嗡地震动着在向我合拢，我大喊大叫着，但是外面的几个人似乎毫无反应。我咒骂着，你们这帮王八蛋，想让我死就让我死得干脆点，不要这样！

墙壁还是在慢慢地合拢，我上下左右前后地看了看，根本没有地方可以逃生，我扒着玻璃墙，用力地抵挡着这两面墙的接近，这两面墙仍然无情地接近着我，最后已经紧紧地贴在我的身上。我侧着身子，感觉一阵大力向我冲击着，我就要被压扁了，我的骨头也在咯咯地响着，我难受地发出了巨大的号叫声。

微微一震，这两面墙停止了，并很快地又打开了，我疲惫地瘫倒在地上，动都不能动了，不仅仅是惊恐也是愤怒，什么保护我，完全就是鬼话，我只是他们抓获的一只珍稀动物，是一只小白鼠而已！

一会儿，玻璃门打开了，山猫和麦子进来把我架起来，他们两个似乎很兴奋的样子，把我从屋里拖出来，放在一个大椅子里面。山猫看了我一眼，我也看了他一眼，他头一扭，不再看我。我心里骂着："王八蛋！"

刚在椅子上躺了一会儿，就听到一个熟悉的声音："有异状波？"这是老鹰的声音，他是怎么冒出来的？士大夫说："是。非常异常，和太岁的某些波段有些像。""好！立即转到6区！严格保密。"老鹰吩咐着，从我身边走过，又回头看了我一眼，俯下身子看着我，似乎有些笑意地说，"不好意思，让你受惊了。"我真想吐一口唾沫在他脸上。

我被转移到了所谓的6区，住进了一个巨大的乳白色的病房。这个病房墙都是塑料的一般，软软的，一面墙上则好像有几个窥探孔一样，如同眼睛一样盯着我。小田没有出现，她可能看不到我了。

我又被打了针，懒懒地瘫在床上，使不出一点劲，只能慢慢地在地上走上几步。就这样，我在这个屋子里面静静地待着，不知道时间，什么都不知道。我想起了我以前的梦，我梦见我在一个白色的房间里，口中戴着金属套，不能合上嘴巴，手脚都被绑着。我意识到，也许我这个梦很快就要变成现实了。

不知道过了多久，突然房间外面响起了一阵尖锐的警报声，开始有人从我房间门口匆匆地跑过。我靠到门边，听到外面的确如同警报一样拉响着，人跑来跑去，似乎喇叭里还有声音。

很快，我的房门被打开了，两个人穿着深绿制服，都戴着古怪的金属面具，把我按在他们推来的一辆车里，然后用一个套子把我头一套，我就什么都看不到了，只是能听见，外面喇叭里在喊着："入侵者进入，6 区 F 口，警告，这不是演习；入侵者进入，6 区 F 口，警告，这不是演习。"

终于有入侵者了，我以为这个地下的神秘世界，不可能有人能够入侵进来。

我被快速地推着，身后传来一阵一阵的铁门关闭的声音……

等我头上的套子被拿起来的时候，我看到了老鹰，他和另一个微微有点胖的高大的男人站在一起。那个高大的男人看着我，什么都没有说，只是转了个身，不让我看到他的脸。老鹰则在小声地解释着什么。

过了没有多久，几个人进来了，是山猫、麦子、土大夫和小田，然后老老实实地坐在旁边的椅子上，山猫紧紧地皱着眉毛，手不安地抓着扶手。麦子则一脸的严肃，眼睛盯在地上。土大夫则面无表情，好像准备听一场戏。小田则低着头，似乎非常害怕的样子。

那个微胖的高大男人对老鹰说："你也坐过去！"老鹰明显身体颤抖了一下："老虎，我……"

"坐过去吧。"这个叫老虎的男人头也没有回。

"是！"

老鹰一转身，也和他们坐在了一起。

这个叫老虎的男人转过身来，我身边两个戴着古怪面具的男人则把我推到老虎的身边，然后分别站在我的两侧。

老虎低下头，如同野兽一样的目光将我看得全身都起了鸡皮疙瘩。

老虎问我："你看看里面哪个人是深井。"

我惊讶地张大了嘴巴。

二十一 唇枪舌剑

我看着老虎，只能摇摇头："我不知道。"

老虎呵呵地大声笑了两声："你确定你不知道？你说吧。"

"我是真的不知道。您叫我怎么说？"

"凭直觉说。"老虎威严地命令我。

凭直觉说？我又不是算命先生，也不会预言、摆卦。我说不是瞎说吗？但是老虎那个口气我听得出来，我如果不瞎说一个，他可能会一口把我的头给咬掉。

我看了看那五个人，小田低着头根本不敢看我，只是腿在那里打抖，应该不是她。接下来的士大夫表情正常，看到我看他居然冲我微微一笑，做出来一个无所谓的态度，看上去也不像。山猫还是显得很紧张，看到我的眼光递过来，手似乎都不知道往哪里放，然后干脆用手把头一托不看我，他应该是最可疑的，但是也不像。接下来是麦子，这个戴着眼镜看着斯斯文文的人，其实应该是个冷酷无情的人，如果要给他一个称呼，我会叫他斯文杀手，麦子看我正看着他，严肃地“哼”了一声，把眼神移开也不看我。最后是坐在一边的老鹰，虎着一张脸和我对视着，嘴唇撇来撇去，看上去似乎很生气，他倒让我不敢继续看他。

我其实很想说是老鹰，这个家伙最坏也最阴险，很多收拾我的办法一定是他想出来的，包括给我做那个铁屋子的试验。于是我又多盯了他几眼，没想到老鹰就一下子拍凳子站了起来，指着我鼻子骂道：“你觉得是我你就直说！看什么看！”我赶紧把眼神收回来。这家伙发起脾气来还真是有点可怕。

老虎也比较大声地说：“坐下！”老鹰无辜地看了老虎一眼，咕哝着坐下了，还是恶狠狠地看着我。

老实说，这五个人中我从来没有怀疑任何一个人是蓝制服他们一伙的，让我挑出来一个是深井，真的是一个非常非常难的选择。但是如果我不说，我觉得比我瞎说一个更危险。

我深深地吸了一口气，抬起头看了老虎一眼，这个叫老虎的男人看来是他们最大的老板，身材如此高大魁梧，站在那里就不怒自威。尽管看着凶神恶煞的，但是从直觉上看，他并不是一个阴险狡猾的人，反而觉得他光明磊落得很。老虎知道我在看他，头也没有低，只是冷冷地甩了一个眼神给我：“你想好了吗？”

我低下头，最后又打量了这五个人一次，目光停在山猫的身上，山猫似乎头上也渗出了点点的汗珠，突然喊了起来：“李胜利！我和大狗救了你，我是深井早就杀了你了！你要想清楚！”

麦子突然紧接了一句：“你当时杀得了吗？是谁那么想做押运回总部的工作？”

山猫转过脸，却显得异常平静地接过麦子的话：“呵呵！你以为你不想吗？”

麦子一皱眉，呵呵一笑：“山猫你说话别着急，我本来就是负责押运和安全的。你说的是句废话。”

山猫还想接着说，被老虎的大嗓门儿打断了：“吵什么吵！还没有说是谁呢，就开始互相咬。”然后眼睛凌厉地扫了老鹰一眼。

老鹰低声说：“对不起，太突然了，他们有点失控。”

山猫和麦子两个人应该是较上了劲，估计这两个人平日里就相处得不是很好，这种时候自然会爆发出来。两个人都怒气冲冲的。

这个时候我却突然拿定了主意，伸出一只手指了一下，说道：“我觉得是他……”他就是山猫。这真的只是我的直觉，我说不出来为什么我一定会选择他，真的只是我的直觉告诉我山猫可能是深井。

山猫突然就暴怒了起来：“谁？我？”我点点头。山猫一下子就从椅子上跳起来，对着老鹰和老虎哭了似的喊叫着：“别相信他，你们都知道的。我不可能是深井！”这个山猫从我见到他开始，就觉得他是个有点神经质的人，这次终于爆发了。

“你住嘴！”老虎吼了一声。很快，山猫突然弯下腰，手按着腹部，脸上一阵惨白，跌倒在地上，身体一弯一曲的，并难受地尽力嘶叫着：“不……不是我……你们知道的。”

小田吓得哭了起来，土大夫和所有的人的脸上都是一片惨白。

老虎“哼”了一声，说：“得了，先起来吧。”然后山猫在地上停止了呻吟，一动不动了，过了一会儿才蠕动着站起来，嘴角上挂着血，跌跌撞撞地一屁股坐回到他原来的座位上。山猫幽怨地看了我一眼，嘿嘿笑了两声，再也不愿意看我。

我的心里一阵颤抖，只是我感觉是山猫，这样说了，山猫就要受这样的罪。山猫如果的确是深井也就算了，如果他其实不是，那他一定恨我入骨。

老虎问我：“你为什么觉得是他？”

“我不知道，只是凭感觉而已。”我战战兢兢地回答。

“哦。看来你的感觉有点问题嘛！呵呵。”然后老虎转身坐到和他们正对面的一张椅子上，环视了大家一眼，“大家都说说。”

我觉得老虎是在故意制造一种心理恐慌，给大家一种极大的压力，他也知道我只凭感觉说出来的人一定不准确，但是他用了这么一手，让山猫疼得满地打滚，这里面如果有人是真的深井，心里一定会觉得发毛。如果心态失去了平衡，那么他露馅的时间也不远了。我不知道老虎是不是这么想的，他这个人看上去威武雄壮，但是绝对不是心思简单，只会用酷刑的人。

大家沉默了一阵儿，似乎也想到了老虎的这一层，都在极力地压制自己的表情。半天，没有一个人说话，只有山猫在那里沉重地喘着气。看他按着的地方，就是我被麦子注射进去不知道什么东西的位置。我的心中也是一片寒意，我身上的这个东西尽管没有那个斑那么神秘，但是却足够的恐怖，是一个随时会爆炸的定时炸弹。

第一个开口的人还是山猫："绝对不是我，老鹰你也知道的，我是怎么加入C大队的。呼呼。"

老鹰本来坐在那里一言不发，似乎还被刚才的恐怖震撼着，难道老鹰的身上也有和我一样的东西？

麦子说："谁都有嫌疑，包括我。山猫，你不用解释了。"

山猫没有看麦子，只是呵呵地笑了一下："麦子，你不用搞得自己很公平的样子，我坦白地告诉你，我最怀疑的就是你，只是一直抓不到你的把柄。"

麦子看了看山猫："哦？反咬一口了？哼。"

老鹰还是看了看老虎，看老虎没有任何反应，说道："麦子，我问你，你是什么时候返回总部的？"

麦子惊讶地看了一眼老鹰："我在大狗出事之后当天下午就回来了。老鹰，为什么这样问我？"

老鹰没有搭理麦子，继续问："土大夫，你回忆一下，麦子是什么时候见到你的？"

土大夫沉沉地说："当天下午四点半左右。"

老鹰继续问："他问了你什么？"

土大夫说："他问我李胜利现在安全吗。"

老鹰笑了一下："麦子，我问你，你刚回来，我们并没有告诉你李胜利还活着，你怎么会说这样的话？"

麦子并没有着急，他笑了一下："我真的只是凭感觉，如果李胜利死了，土大夫见到我的表情绝对不是我看到的样子。"

山猫哈哈笑了一声："麦子，你在狡辩。"

麦子瞪了山猫一眼："好啊，我在狡辩，那我问你，我们到了总部以后，你一溜烟跑哪里去了？"

山猫哈哈一笑："安乐窝啊。你不是人，我还是人呢！！"

麦子指着山猫："你！你有种再说一次。"

土大夫说："麦子，我证明山猫去安乐窝了。"

麦子对土大夫吼道："你凭什么能够证明？"

土大夫没有表情地嘴角翘了翘，代表他在笑："就凭我曾经是B大队的人。"

麦子的脸一黑，这句话似乎给了他重重的一击，连老鹰也似乎脸色变得很难看。

土大夫看了看老虎，老虎动也不动，于是土大夫接着说："不好意思，我似乎说多了。"

麦子冷冷地看着土大夫，似乎再也不敢说什么，而是沉默了下去。

这时候山猫哈哈地笑了起来："麦子，听到B大队你就蔫了？"

老鹰骂道："山猫，你给我住嘴！"

这个时候，我能够感觉到老虎的脸色也是非常的难看。

土大夫说出的 B 大队，似乎给了他们一个无穷大的压力，而让这些人呆若木鸡了。土大夫表明了他以前的身份，似乎是让在场的所有人都知道，怀疑他是深井的想法最好想都不要去想。

我也震撼于这个事情的复杂性，看来 C 大队不是没有人管的，他们的上面还有领导。B 大队是专门监控 C 大队的吗？

一片沉默，没有人说话，这场找深井的游戏似乎就要在土大夫的一句话面前终止了。

老虎终于说话了："土大夫，你既然自愿降级到了 C 大队，随便说出'B 大队'这三个字已经违反了 C 大队的纪律了。"

土大夫淡淡地说："对不起，我接受任何形式的处罚。不过，任何怀疑我的人都是不理智的。"这句话不仅仅是说给大家听的，更是说给老虎听的。

老鹰说："土大夫，不是怀疑你，而是你能够提供有价值的信息。"

土大夫还是淡淡地说："那怎么叫李胜利说我们几个中哪个是深井？不过既然老虎认为我们几个中有一个是深井，我也相信老虎的判断。我也直说吧，你们不要介意。"

老虎说："你说吧。"

土大夫看了看老鹰，幽幽地说："老鹰，这两年你变了。你自己没有发觉吗？"

老鹰怪笑了一声："哦？我变了？请教。"

土大夫接着说："我记得你以前是一个相当冷静和冷淡的人，不过这两年你对某些事情的关注程度似乎太高了，那就是深井的事情。"

"你觉得你不关心吗？"

"我都是听你的安排，谈不上什么关不关心的。"

"哦？"

"上河沟村那两个被李胜利杀死的人，大家都怀疑是深井的人，为什么你不让我继续解剖下去，而是直接封存了？你怕我发现什么吗？"

"笑话，你就差把肌肉组织剥离了。除了死于心肌梗死以外，你没有任何结果，难道你要把人切成肉块才甘心？我也明确地告诉你，青大夫接手了，并不是封存了。"

"请问你怎么想到用临死体验来检测李胜利？"

"呵呵，土大夫，如果不是我想到，你认为你的检测方法能够查到太岁的信号吗？"

"那你为什么总要我直接杀了李胜利！直接分解？"土大夫的口气突然严厉了起来。

"土大夫，你的意思是怀疑我就是深井，总是想立即置李胜利于死地？"

"我没有这样认为，这是你自己说的。"

"找到李胜利体内可能存活的太岁，并保留下来，是第一任务！对此我可以采取任何方式，哪怕是杀了他！"老鹰随后看了一眼老虎，老虎还是纹丝不动。

我身上冷汗直冒，原来我在 C 大队的总部，一直就是处于生死边缘。他们不是在保护我，而是在保护我身体里可能存活着的太岁！

士大夫笑了笑，说："我只是把我的疑惑说出来，没有别的意思。我觉得我的问题应该解决了。"

老鹰重重地"哼"了一声。

麦子突然说："小田，你怎么不说话？"

小田马上把耳朵捂上："不是我，不是我，我不是深井。"

麦子继续说："小田，你是不是很向往外面的世界？"

"不，不，这里很好。"小田很害怕地喊着。

山猫笑了下，抢过话头："麦子，你很无耻啊，吓唬小姑娘有什么出息！"

麦子冷冷地骂道："山猫，你又得意起来了！"

山猫说："我是很得意啊，总算知道谁是深井了！"

"你说谁呢！"麦子的嗓门儿也高了起来。

山猫笑了一下："我可没点名。不过你自己承认了，我就老实告诉你，我就是怀疑你就是深井！"

麦子嗓门儿又拔高了三度："你放屁！"然后看了看老鹰，老鹰并没有看麦子，头扭到了一边。

士大夫笑了笑："欲盖弥彰啊。"

麦子看着士大夫，冷冷地说："你可真会总结。"

老鹰突然喝道："麦子，你一个一个地咬，是不是下一个就该是我了？”

麦子诧异地说：“老鹰，我不可能怀疑你的。深井一定就是山猫、土大夫、小田中的一个！”

老鹰说：“麦子，你为什么要自己开防爆的车，让大狗他们开普通车？”

“因为防爆的车速度慢啊。老鹰你……”

“你为什么要给李胜利的爪子多调一个波段出来？你以为我发现不了吗？”

老鹰突然严厉起来。

“我……老鹰……我不是故意的……”

“麦子，我以前不曾怀疑你，但是你的破绽太多了！”

“老鹰，我真的很想知道李胜利的情况，我……我……只是想了解！”

麦子的表情混乱了，不断地扶着自己的眼镜。

“你了解这么多干什么？！”

“我……我……”麦子突然站起来，向老虎嚷道，“老虎，给我一个机会，让我能够去B大队后备组，我求你！我只是想多知道一些！”

“麦子，这不是你的解释！！”老鹰站起来吼道，“你就是深井！”

大家的眼神齐刷刷地扫在麦子的身上。

老虎挥了挥手，我身边的两个人冲到麦子身边，眨眼的工夫就将麦子控制住了。

麦子的眼镜滚落在一边，在徒劳地挣扎了一下以后，他突然嘿嘿地狂笑了起来：“是的，我就是深井的人。不过你们只能抓到我的尸体。”

老虎吼道：“还轮不到你自杀！”

麦子的腹部就嘣的一声爆炸了，一股血腥气迎面而来。

麦子不知道支吾了一声什么，就瘫倒在地上，身下慢慢流出了大股的鲜血。

一片安静，我被这场面和刚才如同刀锋一样的言语对抗震惊着，最终找出深井，我感觉到这个世界几乎冷酷得如同基地之下的寒冰。昔日的战友、同事能够在瞬间痛下杀手，而且互相之间的怀疑和揭露也是毫无任何人情味。C 大队的人似乎只是一些杀人的机器，并不存在大狗那样的温情和人情味。为什么大狗要离开 C 大队去干些辛苦的工作？可能是他觉得，C 大队根本就不适合他，但是他又摆脱不了。

老鹰走近麦子，摸了摸麦子的脖子，点了点头：“死了。”

这个时候小田才尖叫了起来，捂着脸哭了。

土大夫和山猫都是面如死灰，似乎都在思考着什么。

土大夫看了麦子两眼，站起来对老虎说：“那我们可以走了吗？”

老虎挥了挥手，看了老鹰一眼：“都走吧。”

老鹰和山猫回答了一声是，山猫把小田架起来，四个人一起向门口走去。

门无声地打开了。

土大夫最后又回头看了一眼麦子，似乎觉得麦子的死不可思议。其他人则头都没有回地恨不得立即离开这个已经充满血腥味的房间。

老虎突然喊了一句：“都站住！”四个人立即停下来，都慢慢地转过身，惊讶地看着老虎。

老虎站起来突然仰天大笑：“再狡猾的狐狸，在以为已经安全的时候仍然要回头看一下刚才的陷阱。土大夫，我真的很佩服你，不过，你还是没有沉住最后一口气。”

这句话如同一个巨雷，将大家耳朵震得嗡嗡直响。那两个蒙面的绿制服已经一个箭步冲上去，把土大夫按住，使他跪在了地上。

“哈哈哈，我真的很辛苦啊，老虎。”地上那个血淋淋的麦子突然一个翻身坐了起来。

除了麦子和老虎，大家的脸都是一片惨白……

二十二　深井有多深（一）

第一个反应过来的似乎是老鹰，他看着麦子正鲜血淋淋地从地上爬起来，就开始哈哈地笑了起来，边笑边说："麦子，你现在表演的功夫越来越好啊。"

麦子边爬起来边笑眯眯地对老鹰说："哎，我哪赶得上你啊，我还以为你真的认为我就是深井呢。"边说边从衣服下面抽出一捆血淋淋烂糊糊的东西，丢在地上。

土大夫喝道："愚蠢的东西，你们真的认为我是深井吗？"

老虎从椅子上站起来，向土大夫一步一步地走去，边走边说：

“土大夫，你的确无懈可击，又有原来在 B 大队的身份，怀疑你是深井是需要勇气的。”

土大夫挣扎了一下，骂道：“让我站起来。”

老虎点头示意，那两个蒙面人手一松，土大夫站了起来，但还是被控制着。

土大夫牢牢地盯着老虎，又说：“你们认为深井会疑惑为什么麦子不是深井而承认自己就是深井，以至于像我一样最后回头看一眼？太幼稚了！”

老鹰说：“土大夫，从你两年前从上面调下来参与深井的调查，我们的情报就一直在外泄，我们只是不敢轻易怀疑你而已。”

土大夫说：“可笑，那你为什么不说自己外泄了情报？”

老鹰骂道：“胡搅蛮缠！”

麦子插进一句：“土大夫，你太冷静了，面对谁是深井的问题，你就一点不担心大家怀疑的就是你吗？”

土大夫冷冷地说：“C 大队就是 C 大队，你们想达到 B 大队的层次还差得远呢。”

老鹰骂道：“你住口，你不用拿上面来给自己开脱。最想让李胜利死的人就是你。你不要以为大家都不知道！”

土大夫并没有搭理老鹰，而是看着老虎，慢慢地说：“老虎，C 大队早就被深井渗透了。你知道我为什么要调下来吗？”

老虎不说话，只是死死地盯着土大夫。

土大夫轻轻地笑了两声：“呵呵，你知道了也不敢说，那是因为 C 大队已经成了深井利用的小丑！”

老虎突然怒吼起来，声音把地板都震动着：“B37！你不要以为我怕你们！老子谁都不怕！你是不是深井我自有判断！”

土大夫哈哈地笑着：“老虎啊老虎，几年前 B 大队告诉了你们深井的事情，要你们调查，你太自以为是了，深井远远不是你想象的这么简单。”

老鹰也怪笑了一声：“土大夫，看来你很了解深井喽，死到临头还不忘渲染一下深井的恐怖。”

土大夫平静地看着老鹰：“老鹰，你真是深井培养出来的高手啊！”

麦子上前一步就把土大夫的衣服揪了起来：“狗东西，临死了还想拖几个下水吗？”

土大夫冷冷地看着麦子，然后抬头对老虎说：“老虎，请你给 B7 打个电话。”

老虎哈哈笑了两声：“B7？你知道是谁允许我抓你的吗？是 B3！”

土大夫脸色一沉：“你不要胡说。”

老虎靠近土大夫，麦子则乖乖地退到一边。老虎和土大夫对视着：“只有你身上没有爪子，其他人的一言一行我都能掌握。B3 跟我说了，可以给你做瑜伽！看看你到底知道什么！”

土大夫喝道：“你敢！你不想活了！”

老虎说：“我真的是不想活了，如果你是深井，我赚到了；如果你不是深井，我这辈子也不算白活，总算能够知道B大队到底在干什么。”

老鹰小声地说：“老虎，偷偷处置了这个深井算了，给上面下来的人做瑜伽，他们一定会知道的，恐怕……”

老虎狠狠地瞪了老鹰一眼：“C大队还没有你说话的份儿！”

老鹰唯唯诺诺地答应着：“是。”

老虎命令道：“把这个深井拖出去做瑜伽，9000频，把他知道的东西全部洗出来！”

土大夫挣扎着：“C1你这个蠢货，你已经疯了！！”

“带走！”老虎命令着。

土大夫使劲地挣扎着，身体抖了两下，吐出一口黑色的血，他最后嘶吼着：“你一定会后悔的！”然后身子一软，仰面倒下。

老鹰和麦子抢上去一步，把土大夫接着，摸了摸他的脖子，手一松，土大夫就软软地滚在了地上。

老鹰阴沉着脸：“他死了。确定。”

大家这时才发现，小田一直不停地捂着嘴使劲地哭着，蜷缩在门边上。

老虎摆了摆手：“山猫，把小田带走……”山猫如同大梦初醒一样赶快点着头，把小田连拖带拉地扯出了这个房间。

老虎一屁股坐在椅子上，摸着脑门半天一句话也没有说。

老鹰试探着问了一句：“是不是有些过分了？”

老虎说：“不要问了……”

老鹰说："是……老虎，B3 真的安排可以抓土大夫吗？"

老虎抬起头，低低地说："你觉得呢？"然后头一低，似乎又陷入了沉思。

老鹰拉了拉麦子，示意他离开。

麦子最后还吞吞吐吐地问："老虎，那我走了啊？"

老虎头也没有抬："麦子，你明天可以动身去上面报到。"

麦子突然很兴奋地说："是！是！"然后和老鹰一阵风似的离开了。

这个房间恢复了死一样的宁静，地上麦子流下的一大摊鲜血，和趴在地上一动不动的土大夫，以及两个古怪的戴着面具的绿制服，使这个房间显得格外的狰狞。

半天，老虎才抬起头看着我，让我全身一震。老虎说："今天，你看了一出好戏。"

我其实早已经惊恐得半句话都说不出来了，只能回避着他的眼神。

他们会给我做瑜伽吗？那会不会知道我隐瞒了那个太岁可能在我大脑里面的情况，而杀了我，只保留着我的头？

老虎又问："李胜利，我请问你，你确定你的经历都是真的吗？"他在"请问"这两个字上加重了语气。

我还真不能确定我经历的这些事情到底是不是真的，也许只是一场梦，一场长得过分而又真实的梦？

我看着他，还是点了点头。

“把他带走吧。让我安静一下。”那两个戴面具的人应了一声，将我推出这个房间。

我又回到了那个古怪的塑料房间，刚躺下，居然就沉沉地睡了过去。

我在睡梦中，突然感觉到有人捆住了我的手脚，一睁眼，房间一片漆黑，嘴里也被迅速地塞上了一团东西。一个很大劲的人还没有等我哼出声来，就把我一把拎起来，塞进了一个箱子一样的东西里，所幸的是，这个箱子里面还比较软，然后把箱子一关，把我甩到一辆车上。

然后，是一段非常漫长的道路，途中把我拎下来，又拎上去，一会儿往上一会儿往下。这样折腾了几个小时之后，箱子终于被打开了。

外面是夜色沉沉，显然，我是在一个山头上。我用力挣了挣，毫无松动的迹象。我被提出来，松了脚上的绳索，让我能够站立。

我定神一看，我身边站着的是山猫、一个陌生男人和小田。如果不是我的嘴堵着，我一定会倒吸一口凉气。这里应该是离开了C大队的总部，愿意把我弄出来的人，只有可能是深井。那么山猫、这个陌生男人、小田都是深井吗?

山猫看出了我的眼神变化，他反而笑了笑：“李胜利，你是不是觉得很吃惊？是的，我们都是深井。”

小田靠近山猫，耳语了两句，山猫对那个陌生男人做了一个手势，那个男人则开始在旁边的乱石头中翻来翻去，一会儿就翻出一个如同书本大的亮光闪闪的仪器，在那里鼓弄了起来。

小田见那个男人找到了东西，才开始靠近了我的身边。在黑夜里，她的水灵灵的大眼睛还是闪耀着光芒，还是如此的简单单纯的目光，让人根本不会相信她也是深井，但是她的行为却像个熟练的老手。

小田就这样深深地看着我，说："你很有趣的。"语气、声调和在病房的时候并没有一丝一毫的差别，但是这个时候听起来，却让人毛骨悚然。

山猫环顾了一下四周，也回身看着我："放心，我们不会杀你。的确，抓到你的时候是想杀了你，但是主脑叫我们先不要杀你，所以以前追杀你的那些蠢货也不会再出现了。我们是深井的 3 局，以后你会知道的。"

我还是瞪大了眼睛，什么都说不出来。

山猫还笑着说："对了，还是要告诉你，那天五个人中，只有士大夫的确不是深井。麦子也是利用这次机会可以接触到 B 大队。"

小田呵呵地如往常一样单纯地笑了笑："其实，老虎用的手段在我们 3 局眼中都是些小儿科呢，刚好能够利用一下。"

山猫对小田也笑眯眯地说："你啊，我们也只是听 3 局主脑的，我们只要演好戏就行了。小田你的进步越来越大了。"

小田轻轻地敲了山猫一下。

这些深井的人，似乎并不是我想象的那样如同机器人一样生硬，反而……反而觉得很有人情味，而且在他们口中，深井似乎也没有什么好保密的。直接说自己是3局的，还有什么主脑。而且称呼以前追杀我的那些人为蠢货，这个深井简直让人觉得莫名其妙的。但是从他们的谈吐中，又觉得这些人有巨大的自信心，似乎天下没有什么东西是值得那么严肃的，尽管他们现在应该还站在C大队总部的地盘上。越是这般轻松，越觉得这个深井的能量和实力到了恐怖到无法想象的地步。

回忆土大夫说的那些话，我才发现，其实土大夫才是最明白C大队的现状的人。

小田把我的衣服拉了拉，说："抱歉哦，现在不能让你说话，因为怕你声音太大，会被别人听到的。"

山猫瞟了我一眼："其实也没有关系啦，C大队三分之一都是我们的人啦，这个地区所有的C大队监听人员都是。"

小田说："你怎么这么讨厌，还是小心点好。老鹰知道了，肯定又会说你的，嘴巴太大。"

山猫嬉皮笑脸地对我说："那你还是委屈一下吧。"

小田除了声音表情眼神这些没有变以外，行为举止和性格发生了巨大的改变，可能这才是她真实的一面吧。而山猫尽管变化不大，但是觉得他开心多了，好像得到了解放一样，平时都是板着脸不苟言笑的。

那个陌生的男人突然说："来了！"

大家就一起转头向一个山坳处看去。

二十三 深井有多深（二）

很快，从山坳里升出来一个东西，黑乎乎的，飞速地接近，然后一沉，贴着我们这个山头就冒了出来，并开始发出了淡淡的蓝色光线。

如果我没有看错的话，这是一个比开始看到的更大的一个太岁，足有一人多高，从体内透出淡淡的蓝色光线也是和以前的太岁发出的淡黄色的光芒有所不同。而且这个太岁看起来更加巨大，也更加安静。如果不是它发出了光线，在天空中快速地划过，也许没有人能够发现它的存在。

这个太岁悬停在我们身边的空中，似乎在慢慢地旋转着。

小田上去摸了摸这个太岁的身子，笑盈盈地说："宝贝现在又长大了。"那个太岁也似乎很得意地让蓝光增强闪了闪。

山猫说："好了，别玩袁九令了。"小田这才松开手，还是笑盈盈地看着这个太岁。

我心里纳闷，难道这个太岁还有名字叫袁九令不成？看到这个大家伙，我反而心中涌起了一阵亲切感。

那个陌生男人说："现在走吧。"把手上的仪器又捣鼓了一下。

这个大鹅蛋一样的太岁，就横着倒了下来，发出了一阵较强的蓝光，然后冲着我的这个方向的"屁股"上面就慢慢地张开了一个洞口。

山猫说："李胜利，你委屈点，钻进去吧。"然后把我拉向太岁。

我没有什么挣扎，我觉得很安全。于是在山猫和小田的帮助下，钻进了太岁的里面。

太岁的里面软软的，仰面躺着很舒服，头顶上一手掌处就是太岁的"皮肤"，从里面幽幽地透出些蓝光，看上去非常柔和。

山猫从洞口往里面看了看我，说："别担心，一会儿就会到的。"

小田也说："不用担心我们，我们会再制造一次入侵事件的。"山猫就呵呵地笑了，向我挥了挥手。

然后就看到太岁的那个洞口逐渐地收拢，牢牢地将我的身体裹住。并没有任何窒息的感觉，一切外界的声音都被隔绝了，只能听到似乎是太岁体内传出来的沙沙的如同液体流动的声音。

我能感觉到太岁又立了起来，缓缓地旋转了起来，然后猛地拔高，一沉一降的，似乎在沿着地面的升降而起伏着。太岁的蓝色的光芒渐渐地淡去，只有一丝丝的光亮从体内透出来。

在最后一个沉降后，太岁猛地又拔高了，一直升高了很久，才又横过来，飞速地如同直线一般前进着，并不断地带着我微微地旋转着。

我已经不再惊讶，这几个月发生的一切已经让我不再惊讶了，哪怕我乘坐的是这样一个古怪的飞行器。我知道，前方太岁降落的地方就是深井的所在，越接近深井的所在，我反而越踏实下来，谜一样的生活也许就将解开。我回忆到很多的人，陈凯这个好动的哥们儿，陈英一直喜欢着我，但是自杀了，晓云也失踪了，我的老板居然是深井，假的晓云被我戏弄，开始逃亡，碰到乡村警察，碰到灰制服，碰到雨巧……雨巧啊雨巧，你在哪里？今生真的不会再相见了吗？想到雨巧我还是一阵阵地心痛。那个刘队，在我的手中消散了生命；陈老总的好奇害死了他；赵局长，张气短；山猫、老鹰、老虎、土大夫、小田，神秘的B大队，混乱的C大队，一切的一切都发生在我的眼前，这个世界真的有太多的不能理解的地方，看着简单的场景之后居然隐藏着这么多的斗争和诡计，人与人之间的算计也到了如此惨烈的地步。生命在一些人的眼中如同一堆狗屎，但是也有大狗、土大夫那样心甘情愿地抛弃自己的生命来换回最后尊严的人。

深井到底有什么魔力，让小田那样的女孩子保持着如此单纯善良的眼神，却又做着这么复杂和充满危机的事情？为什么他们的主脑能够猜测到老虎的想法？深井还有没有对手？难道它真的是这个世界实际的控制者吗？也许深井不只是在中国，而是一个全球化的组织，他们在控制着我们的生命和命运，那么冥冥之中，是什么力量在推动着深井这样一个组织存在和发展？

这个世界也许真的是一个又一个谜构成的，当你解开一个谜的时候又能陷入另一个谜里面，永远没有穷尽。正如深井的名字一样，在你向深井中坠落的时候，你会发现光明逐渐远去而不见，你只是在一片黑暗中永无止境地坠落着，再没有任何能力来判断你身在何处，你又将去向哪里。

我只是如此渺小的一个人，不幸地坠落到了这个深井中，我的消失只是整个世界最不起眼的一幕。

这也许将是我最后的一段路程，等待我的也许是永恒的黑暗。

很快，这个太岁下降了，在高速的下降之后，我能听到外面嗡的一声，然后不断地透过来空气被震动的声音，好像太岁钻进了一个大的管道里面。起起伏伏，仍然高速地在前进。有时候拐弯过于激烈，让我的心脏都仿佛被甩了出来。

终于，嗡嗡声停止了，太岁的速度也慢了下来，最后停了下来。

太岁的“屁股”那个出口又缓缓地张开了，本来把我裹得紧紧的太岁也松开了，恢复到我最开始钻进来时的模样。一张陌生的笑脸出现在太岁的洞口，向里面喊着我的名字：“李胜利，你到了，请你出来。”

在这个人的帮助下，我挪出了太岁，站立了起来，在他的帮助下，吐出了嘴里塞着的布。灯光有些刺眼，我闭了一会儿眼睛，慢慢地适应了，才又睁开。耳边的嗡嗡声消失了，越来越多的声音清晰地传入了我的耳朵。

这是一个巨大的山洞，山洞之高让我尽力地仰起头才能看到发白的洞顶，四周如同数个足球场那么大，地上是一种明亮的大理石，上面画着古怪的线条。不远处还有两个差不多大的太岁安静地停在那里，很多穿着蓝制服的人穿梭着。

接我下来的那个人对我笑了笑，说："欢迎来到昆山。我们就是深井，不过，我们称呼自己叫神山。我叫张十九查。你能跟我来吗？"这个人很客气地招呼着我，显得非常有礼貌，看他的样子清清淡淡的，比 C 大队一个个神秘兮兮、装腔作势的顺眼多了。

我顺从地跟着这个张十九查走着，现在这样的情况，我实在不知道有什么地方可以反抗的。

穿过了空旷的广场，所有人都看着清清淡淡的，没有什么暴戾之气，我开始怀疑最开始见到的那些蓝制服和灰制服到底是不是这个组织的，难道这个神山、以前的深井组织也有如同 C 大队一样的一些部门?

我被张十九查领到山洞的旁边，发现这个山洞的墙壁上都是厚厚的一层看着像草一样的绿色的垫子，从这些草里面透出白色的光。张十九查敲了敲山洞，对着一块突起的石头点了点头，这个墙壁上就打开了一道门。

张十九查微笑着对我招呼了一下："这边请。"于是带我走进了这个通道。

这个通道还是一个石头的通道，不过打磨得如此光滑，让这个通道看着非常的完整，几乎像是刀切豆腐一样的整齐，看不出有任何人工拼接的痕迹。

沿着这条通道走了一会儿，终于来到了一个金属的房间，两个穿着白色衣服的人微笑着看着我，见我进来了冲我笑了笑，示意我在旁边的一张椅子坐下，然后张十九查就退出了这个房间。

其中一个穿白色衣服的人很客气地看着我说："李胜利，我们对我们的一些行为深表歉意。希望你不要责怪我们。"我只好说："没什么的。"另一个穿白衣服的人也是很客气地说："你可能感到奇怪，这里是哪里？我们又是谁？"我点了点头。这个白衣服还是很客气地说："我们是神山，这里是昆山，中国地区神山的3局的总部。"

另一个白衣服接着说："神山成立于公元117年，中国神山成立于公元205年，年代是比较久远了。"

第三个白衣服也接着说："你还想知道什么呢？可以问我们。"

我还真是不知道从何问起，只好说："你们要我做什么？"

一个白衣服呵呵地笑了两下："你很特别，我们3局的主脑对你很感兴趣也很欣赏。你愿意加入我们神山吗？"

我真是吃惊不小，从被他们追杀，到被要求加入他们，真是完完全全地出乎我的意料。

“我？加入你们？”我指了指自己的鼻子。

“是的，你是想加入我们，还是想恢复以前的生活呢？”一个白衣服说。

“我想离开这里，找到我老婆，过没有人打扰的生活。”我根本都没有考虑别的，我只是把我最想说的说出来。

“是吗？你确定吗？”一个白衣服问。

“是的，我确定，我只想平凡地生活下去。”

“但是已经不可能了。你只有选择加入我们，或者恢复以前的生活。”

“加入你们如何？恢复以前的生活又如何？”我问道。

“加入我们，你将不再是你，而且我们要取出你体内的东西；恢复以前的生活，你必须忘掉这几个月的一切，我们也要取出你体内的东西。”

“我不再是我，那我是谁？”

“一个完完全全新的人，你的记忆还存在，但是你会觉得那不是你的记忆。你只是看了一本很长的书而已。”

“那恢复以前的生活到什么程度呢？”

“完全一模一样，不过死去的东西和损坏的东西将不能恢复。”

我沉默了很久，突然问：“我怎么能相信你们？”

“你可以选择相信或者不相信。”

“不相信呢？”

“那很遗憾，你将死去。”

我大脑里的潜意识告诉我，我不能相信他们，但是不相信他们又能如何呢？等待我的还是死亡。但是我的潜意识还是在强调，宁肯死也不要相信他们。这种斗争居然在我的大脑里越来越强烈，以至于头越来越疼，最后竟然到了无法忍受的地步，扑通一下从凳子上摔了下来。

“看来，他已经被控制了。”一个白衣服说，我尽管疼得在地上挣扎，还是能够听到他这句话。

我居然在这种剧痛下，说出了一句不经我大脑思考的话：“你们别想控制我。”

“那好吧。”一个白衣服说，“希望你作为李胜利能够原谅我们。”

我的眼神就慢慢地迷茫了起来，一切都模糊了，最后一片漆黑。

我醒来的时候，还是一片漆黑，我的眼睛被某种沉重的东西蒙着，全身都不能活动，赤裸着全身，所有的关节处、包括我的脖子和每个手指都被紧紧地套住。我的头发应该没有了，戴着一个紧紧的金属帽子，一直盖住了我的耳朵。我的下体被插上了两个管道，一个应该是导尿的，一个应该是排粪便的。我想喊一下，发现我的嘴巴里也套了一个金属夹子一样的东西，一根管道一样的东西似乎插进了我的胃里。有低低的机器震动的声音。但是一片漆黑，安静得如同坟墓，心脏的跳动声也异常的明显起来。

就这样，我如同一个木偶一样被捆绑住了。没有人出现，什么声音都没有，只有每天机器突然响了两声以后，将一股东西打入我的胃中。这样一天又一天，我似乎要崩溃了，心脏的跳动声和血液的流动声，让我恨不得让自己的心脏停止下来。我很想自杀，但是没有任何方法。

这比死要难受一千倍一万倍！这是神山对我的惩罚吗？他们会让我这样下去一直到死去吗？我到底犯了什么错误，到底上辈子得罪了什么人，让我受这样的苦难？请救救我吧，神啊。

不可能了，一切都不可能了。我绝望了，世界活着，我也活着，但是我只是自己，全世界只有我自己。

不知道过去了多少天，也许是一年。我相信我已经处于无意识的状态了，因为已经没有任何外界的刺激能够让我想象了。我头上的那个金属套子震动了起来，我突然觉得我所有的记忆都被翻了出来，在被一页一页地复制着。这种感觉如此强烈，让我也只能跟着我的记忆去奔跑。

记忆一直走到现在，机器最后鸣响了一下，把我最后这一刻的记忆也读去了。

不要！！！